D1995353

RUDOLPH J. WOJTA, in Wien geboren, begann nach abgebrochenem Germanistik-Studium Kurzgeschichten in deutschen und österreichischen Medien zu publizieren. Ab 1975 war er mit Unterbrechungen bis zu deren Einstellung 1996 Kulturredakteur der ›Wochenpresse‹ und ist seither als freier Schriftsteller tätig.

Rudolph J. Wojta

Zerfall der Lage

Roman

Klingenberg

In dankbarer Erinnerung an Klaus/Gloria

»Erst kämpft man gegen Drachen,
dann wird man selber einer«

Einquartierung

Am Tag aller Heiligen, als er in der Pfarrwiesengasse eingezogen war, hatte er nach den Unbekömmlichkeiten der zurückliegenden Monate noch einen tröstlich stillen und arbeitssamen Winter vor sich gesehen. Das Zimmer, das ihm eine Frau Grete Faber gegen mäßige Miete zu überlassen anbot, war das dritte in einer Flucht womöglich noch vor ihm liegender, und wie die beiden verlassenen lag auch dieses draußen in der Gartenvorstadt, dort, wo der Neunzehnte Bezirk sich anschickt, in die Weinberge und Hügel des Wienerwaldes verloren zu gehen.

Frau Faber, seine Zimmerwirtin in spe, die im Lehmann, dem Adressbuch Wiens, als ›Privatbeamtin‹ ausgewiesen war, hatte er schon bei der ersten Besichtigung wissen lassen, dass er hier zwar vorwiegend der Arbeit gedeihliche Ruhe suche, wohl aber auch Besuche empfangen wolle, beiderlei Geschlechts. Die Faber hatte dagegen nichts einzuwenden gehabt, überhaupt war sie ohne irgendwelchen Überschwang, der argwöhnisch hätte machen können, sehr entgegenkommend, wie er das schätzte, wie es aber selten vorkam. Seine Erfahrungen diesbezüglich waren reich, denn selbstverständlich war weder das Zimmer bei Müllers noch jenes bei der Witwe Lebert auf Anhieb gefunden worden. »Sie sollten wissen, dass Sie hier in ein hochmoralisches Haus einziehen«, war beispielsweise einer reiferen Dame Belehrung gewesen, die ihn sofort vertrieben hatte, obwohl das Zimmer und die Lage des Hauses abseits der Straße in einem großen Garten überaus verlockend gewesen waren.

Die Faber war in diesem Punkte ohne erklärte Position, und sie schien ihm auch keine zu sein, die an der Türe lauschen oder gar durchs Schlüsselloch spähen würde, wenn er Besuch empfing. Vermutlich war sie erotisch andernorts ausreichend alimentiert, sodass Neid auf eventuelle Sittenlosigkeit eines Untermieters nicht aufkommen konnte. Auch hatte sie keinen Hund, der jedes späte Heimkommen melden würde oder den er – es war ihm zugemutet worden – äußerln hätte führen müssen; aus Gefälligkeit im Gegenzug zu der aus Gefälligkeit gestatteten Benützung des Telephons, das üblicherweise im Vorzimmer an der Wand hing, wodurch jedes Gespräch öffentlich war. Denn die Glastüren, die einem Vorzimmer nur mageres Licht gewährten, ließen jedes Wort klar und deutlich in den angrenzenden Salon dringen, wo etwa eine Frau Oberst offenen Ohres ihre Patiencen zu legen pflegte, wie er bei der Besichtigung eines bereits näher ins Auge gefassten Quartiers enttäuscht hatte feststellen müssen.

Hier war dies anders. Über die praktischen Aspekte hinaus – kein Glas in den Türen zum Vorzimmer – fühlte er bei seiner neuen Zimmerwirtin einen nicht häufig anzutreffenden auratischen Einklang zwischen ihrem Wesen und ihrem Namen. Er war diesbezüglich geradezu grotesk empfindlich und hatte, weil er meinte, dessen Namen stehe in grobem Widerspruch zur Person, beispielsweise einen hervorragenden Dentisten für einen weitaus weniger renommierten aufgegeben, bei dem jedoch Habitus und Name in keiner ihm Ekel erregender Diskrepanz standen. Dergestalt hatte sich schon beim ersten Betreten der Faber'schen Behausung das behagliche Gefühl eingestellt, hier müsse Großes gelingen.

Die Wohnung war keine, deren Fenster in der noblen Front zur Straße hin saßen, nach Norden diesfalls, sondern hier ging der Blick südwärts in Grünes. Luftig war es da, ganz anders als im Dritten, wo das Elternhaus stand; und war es schon an der Ecke der noblen Reithlegasse mit ihren Vorgärten und dann bei Lebert am Fuß der Scheibengasse noch neu für ihn gewesen, so nah am Grün, an den Hügeln und Gärten zu wohnen, so empfand er nun die zwar spätherbstlich abgemagerte Natur ringsum, die in die Gassen eingriff mit Kastanien, als die seinem Wesen einzig entsprechende, mit reichlich Grün durchwachsene Umgebung. ›Tropfende Vorgärten, im Regen nickende Büsche‹ und ›dunkle Gärten an den nächtlichen Lehnen, darinnen die Häuser versteckt‹, sollte er im Tagebuch notieren.

Die Bebauung war vielfach noch ebenerdig, überall ragten jedoch großstädtische Wohnhäuser aus der flach giebelnden, durchgrünten Landschaft auf. Aber noch führten wenige Schritte in die Weinberge. Hauerhäuser auch hier an der Grenze zu den Rieden, die Zehenthofgasse hinauf, die dort oben Sackgasse war, in einen Fußweg mündend, der auf den Hungerberg führte, unter dem die neue Wohngegend sich dem Blicke darbot.

Der Dächertumult der Stadt, wie er ihn aus der Gegend des Elternhauses kannte, war schon in der Hauptstraße, als er bei Müllers gewohnt hatte, kraftlos gewesen und hier nun völlig gebrochen von viel Ebenerdigem; so standen die einzelnen Zähne der Neubauten als Vorhut von Zukünftigem da und nicht wie in alten Kiefern als Relikte besserer Tage.

Sein magisch empfundenes Zimmer selbst war blau, hellblau, mit einem Muster in Seidenglanz überrollt und hatte einen eigenen, kleinen, Loggia-artigen Balkon, wo an der Grundstücksgrenze die Züge der Vorortelinie in ihrer Schlucht dahinfauchten. Die Sonne, obwohl flach im Winter, drang durch die vorgelagerte Loggia nicht weit ins Zimmer, aber er dachte sich das Zimmer sommerlich, vor direktem Sonnenstrahl geschützt, strahlend in seiner Bläue, die nun winterlich stumpf an den Wänden hing, was das Höhlenhafte des Raumes betonte.

An Möbeln war vorhanden, was er brauchte. Ein Bett mit Nachttisch, ein Kleiderkasten, ein für Bücher geeignetes Regal, das sonst wohl Nippes trug, zwei kleine Fauteuils mit einem niederen Tischchen und ein Schreibtisch, an dem er ein gewaltiges Romanwerk voranzutreiben sich vorgenommen hatte. Der Schreibtisch war klein, ein Damenschreibtisch, wie ihn seine Zimmerwirtin benutzt hätte, wäre sie nicht an ihrem Arbeitsplatz wochentagtäglich an einem Schreibtisch gesessen. Die Lyrikerin nebenan – er hatte auch sie im Lehmann nachgeschlagen –, die zudem Klavier unterrichtete und Fenster zur Pfarrwiesengasse hinaus hatte, mochte auch ein derartiges Möbel benutzen, denn Lyrik braucht nicht viel Platz. Dass er, der nur gelegentlich ins Lyrische abdriftende Epiker, mit solch bescheidener Arbeitsfläche auskam, verwunderte manchen seiner Besucher, da er aber aus dem Kopfe niederschrieb und nicht aus gesammeltem Material, das aufzutürmen ein ausgedehnteres Möbel gebraucht hätte, bedurfte er keiner größeren Arbeitsfläche.

Über dem Arbeitsplatz, an dem er sich kasteiend zu schaffen fest entschlossen war, hatte er mit Reißnägeln zwei Imperative an die Wand geheftet: die Mahnung ›Es wird um sauberes Manuskript gebeten!‹ und ›Primum scribere. Deinde vivere.‹

Ungewöhnlich am Zimmer war einzig eine mäßig umfängliche Säule, die – von einem mit phantastischen Blumen bemalten Paravent umstellt – mitten im Zimmer aufragte. Die Erklärung, die Frau Faber gegeben hatte, klang einleuchtend. Der Ing. Dr. tech. Dederle, der die Räumlichkeiten vor ihr bewohnt hatte, dann aber in den ersten Stock umgezogen war, hatte – da der Maler und Bildhauer im Atelier darüber mit Marmorblöcken und schweren Tonklumpen hantierte – diese Stütze errichten lassen, weil die Gattin sich sorgte, die Decke des Kinderzimmers könnte herabstürzen und den nach Jahren mühsam bewerkstelligten Nachwuchs (den einer technischen Laufbahn zugedachten Sohn Friedrich, der dann freilich Arzt wurde) erschlagen.

Da Frau Faber das Zimmer selbst nie benutzt hatte, blieb die Dederle'sche Stütze stets der Duldung der Untermieter überlassen, von denen einer, ein Kunststudent, den glatten Pfosten mit eben jenem bunt bemalten Paravent verhüllt hatte. Mochten andere Aspiranten auf das licht blaue Zimmer der Grete Faber sich an dem sich so aufdringlich mitten im Raum behauptenden Fremdkörper gestoßen und auf einen Einzug verzichtet haben, er, der Abkömmling von Ingenieuren, war bereit, die schlanke Säule als das zu nehmen, was sie war, nämlich vorhanden. Unschlüssig war er freilich, was den Paravent anging, der die Säule schulterhoch dreiteilig umstand und beidseitig mit Blumen bemalt war, auf schwarzem Grund, hemmungslos farbenfroh, ohne aber, dass sich die Blüten irgendwelchen existierenden Pflanzen hätten zuordnen lassen.

Ihr Geschmack sei das nicht, hatte die Faber bei der Besichtigung des Zimmers kundgetan, sie habe das Ding von jenem Kunststudenten an Zahlung statt übernommen, unfroh und letztlich nur, um den geldknappen Kerl endlich loszuwerden. Falls der Paravent ihn störe, würde sie das sonderbare Möbel entfernen. Er beschloss jedoch, sich an die ahnungslos vielfarbig wuchernde Umarmung der Säule zu gewöhnen. Denn, wie er wusste, ein Zimmerwechsel war kein Sesshaftwerden, wie es in eigener neuer Behausung der Fall wäre, sondern ein nolens volens Hineinwachsen in die Bedrängnisse des Vorhandenen. Die neue Umgebung biegt sich den Eindringling erbarmungslos zurecht. So auch die Säule mit ihrer gefälligen Verkleidung.

Sein Umzugsgut entsprach beiläufig dem, was ein Handlungsreisender an persönlichem Gepäck und Musterkoffern mitzuführen gewohnt war. Kargheit, nur zu verständlich, angesichts seines Vagabundierens zwischen winterlichen Wiener Unterkünften und dem Landsitz der Eltern, wo er den Sommer über recht heilsam für sein Portemonnaie parasitierte. Seine Quartiere, im Herbste oder späten Herbste bezogen, waren stets überwölbt von einer zu Winterschlaf sich rüstenden Natur. Der Blätterfall ward im Journal notiert: ›Draußen ist das Gold der Bäume gesunken‹, und im Gehäuse herrschte trappistische Einengung auf sich selbst, wie sie ihm die sibirische Gefangenschaft ermöglicht hatte, wo der Schriftsteller geboren worden war, der sich seither unerfüllt nach dem von Alltagspflichten freien Elysium der Lager sehnte.

Zwar war das Zimmer mit seinen Möbeln viel zu damenhaft verspielt, als dass es als Mönchszelle durchgegangen wäre, zugleich aber doch so sehr aufs unbedingt Erforderliche beschränkt, dass niemand es sich als Kulisse geselliger Ausschreitungen vorgestellt haben würde. Insgesamt entsprach es profund dem an der Wand über dem Schreibtisch prangenden Motto vom Leben, das sich dem Schreiben unterzuordnen habe. Es würde – wie im Tagebuch als Vorsatz schriftlich gefestigt – ein stiller und emsiger Winter werden.

Mit dem erst schreiben und dann leben war es ihm durchaus ernst, und es diente diese Beschränkung des Daseins letztlich auch als Rechtfertigung seiner räumlichen Trennung von der Gemahlin, was sich in einem amtlichen

›Gattin separat gemeldet‹ auf dem Meldezettel manifestierte; und als hätte dieser Zustand fortwährender Bestätigung bedurft, lag der hellblaue ›Meldezettel für Unterparteien‹ mit der erlösenden Notiz des Beamten noch eine Zeitlang auf dem Schreibtisch.

Die Meldelücke vom 11. August, als er bei der Witwe Lebert ausgezogen war, bis zum 29. Oktober, dem Tag seiner amtlichen Meldung hierorts, hatte der Beamte nicht dulden können, weshalb er in spitzem Kurrent anmerkte: ›Derselbe war in der Zwischenzeit in der Provinz und hat vergessen, dies anzuführen.‹ Das Feld ›Kinder unter 18 Jahren‹ blieb leer.

Das alles entging seiner Wahrnehmung, woran sein Blick einzig haftete, war nur dieses ›separat‹, und nachdem er es offenbar eine Weile genossen hatte, als Vergewisserung seines gegenwärtigen Lebensumstandes, legte er den Meldezettel in die Lade, da dieser erst wieder gebraucht würde, wenn er von hier fortzog; zunächst wohl an den Fuß des Semmering und im Herbste weiter, wohin war vorläufig nicht abzusehen. Damit verschwand zwar dieses beglückende Dokument der Befreiung, nicht aber auch das schale Gefühl, ein Schuft zu sein.

Zu tief, erkannte er, war er in Schablonen bürgerlicher Gediegenheit hineingezogen worden und drohte nun vollends darin aufzugehen, da er nach bald zehn Jahren seine mehrfachen Eheversprechen eingelöst hatte. Weniger aus Neigung, sondern, wie der Wiener sagt, ›damit amoi a Ruah is‹. Und die Mutter der Gattin musste nun den Mund halten, was sie bisher kaum getan hatte.

Zwar waren die beiden fort vom Standesamt jeder seiner Wege gegangen, und daran hatte sich – ›Gattin separat gemeldet‹ – seither nichts geändert; dennoch stand ihm jetzt, kaum ein halbes Jahr nach der Trauung, als Lösung aller Probleme nur eine Scheidung als einzig gangbarer Weg vor Augen.

Kinderzimmer

Der vielschnörkelige Bau, den ein Unwissender für ein protzig fassadiertes Zinshaus halten musste und nicht für die Residenz eines vielfachen Millionärs und dessen Familie, hatte dem Kind einigermaßen Geborgenheit geboten. So schaukelte das helle Kinderzimmer immer noch weiß lackglänzend als rettende Arche vor den Widrigkeiten des Alltags durch die Erinnerungen an die frühen Jahre, aus denen, phantastisch neu geformt, zahllose Kinderzimmer vieler Träume geboren wurden. Für den aus Sibirien heimgekehrten späten Studenten war das Zimmer hingegen acht Jahre lang der tagtägliche Beweis, dass er unfähig war, auf eigenen Beinen zu stehen.

Vater, Mutter, Bruder, notierte er im Tagebuch, das sollte behaglich sein – war es aber nicht. Nur wenn der Vater sich bei einer seiner Großbaustellen aufhielt, ohne die Familie mitzunehmen, wie er das beim Bau der Wiental-Dämme noch getan hatte, hellte das Hauswesen deutlich auf. Und was den Bruder anging, war neben den Hunzungen, die er von diesem zu erdulden hatte, sonderbar tief in der Erinnerung verankert, dass er in der Badewanne niemals

Schiffe gehabt hatte, wie sein Bruder, sondern immer nur Schwimmtiere; Wassergeflügel und Fische, die ganz gegen ihre Art auch an der Oberfläche schwammen wie die Enten, Schwäne und Gänse.

Die Unbehaglichkeit des erwachsenen Wohnens im Elternhaus rührte vom gewaltigen Schatten des Vaters, der vom Beruf, den der Jüngste sich gewählt hatte, nichts hielt. Es wäre ein Leichtes gewesen, den Künstler in der Familie ausreichend zu unterstützen, denn die Eltern waren vermögend. Zwölf Millionen Kronen war des Vaters Vermögen vor Sarajevo gewesen – nicht viel, verglichen mit Rothschild, der dem schwarzgelben Fiskus das Doppelte als Jahreseinkommen melden konnte. Das meiste davon, aber bei weitem nicht genug, um nun darben zu müssen, hatte sich in Kriegsanleihen verflüchtigt. Auch das Einkommen, im Jahr von Luegers Tod noch mehr als hundertdreißigtausend Kronen, war nach dem Untergang der alten Welt geschrumpft, reichte aber allemal noch, um sorglos ein standesgemäßes Leben zu führen, wie es sich für ein Vorstandsmitglied der ›Creditanstalt‹ gehörte.

Schlimmer als die Gicht, die den zu bestimmen gewohnten Mann unentwegt der Hilfe anderer auslieferte, plagte den angeschlagenen Patriarchen die zwanghafte Vorstellung, zu verarmen. Dementsprechend mühsam war es, ihm Zuwendungen abzuringen, und wäre nicht der Mutter Hand wie stets zuvor weit geöffnet geblieben, es wäre ihrem Liebling schwer gewesen, zu überleben: mit Ansprüchen, die in Kindheit und Jugend in einem Hauswesen gewachsen waren, in dem Geld keine Rolle spielte.

Es schien, als würde der Vater Unterstützung nur verweigern, um – rechthaberisch wie immer – zu beweisen, wie brotlos die Schriftstellerei war, der sein Jüngster sich verschrieben hatte. Und zwar, wie dem Alten tief innen undeutlich dämmerte, auch aus Trotz, sodass väterliche Härte geradezu gefordert war. Anderseits aber, was wog denn ein Gedichtband für einen, der Flüsse gebändigt und Eisenbahnen den Weg über schroffes Gebirge gelegt hatte? Und auch Prosa, wie der kleine, andeutungsweise skandalöse Roman des Sohnes, konnte einem Mann, der an der größten Bank des Landes beteiligt war, in deren Vorstand saß und Bilanzen zu lesen verstand, keine Anfälle von Großzügigkeit verursachen.

So hatte sich der junge Dichter von seinem vierundzwanzigsten bis zum zweiunddreißigsten Lebensjahr durch diese Abhängigkeit geschleppt. Erst nach dem Sommer Achtundzwanzig gelang die Flucht aus dem elterlichen Hause, dieser Gruft des vergangenen Jahrhunderts, ans möglichst weit entfernte andere Ende der Stadt. Und es graute ihm davor, die Eltern zu besuchen. ›Man wird wie in einer warmen Gruft dunkel-weich begraben sein, wenn sie da beim Kaffee sitzen‹, stand im Journal.

Anders als das Einnisten in einem Winterzimmer, das stets Anpassung forderte, war der Wechsel hinaus aufs Land, in den ›Sommerhof‹, in dem jeder Winkel seit der Kindheit bekannt und vertraut war, und ins gewohnte Zimmer unter dem Dach jedesmal Heimkehr; eine andere freilich als jene im August Zwanzig, als er, ausgezogen in einen Krieg für den Kaiser, in eine Republik zurückgekehrt war aus vierjähriger sibirischer Gefangenschaft.

Hier war alles wie immer: unverändert die enttäuschte Feindseligkeit des Vaters, wie immer groß das Herz der Mutter, die Geschwister, allesamt älter als er, selten zu Besuch. Unverloren auch der Geruch des Hauses nach viel altem Holz, nach ausgestopftem Getier und dem gelegentlich aus der untrigen Küche heraufsteigenden Duft bevorstehender Mahlzeiten. Das Zimmer, auch wenn er nicht da war, täglich mit der Luft über den taufrischen Wiesen und tannenduftig vom Wald herab geflutet, dazu der heimelige Geruch des frisch überzogenen Bettes; alles wie jahrelang erfahren.

Dort, am Fuße des Semmering, auf den Wiesen und im Wald, aber auch drinnen in der gewaschenen Einfachheit seiner Kammer unter dem Dach mit den schlichten hellen Möbeln, stand unverändert die Dekoration seiner Kindheit. Ursprünglich frei von allem Krimskrams (mit dem das Elternhaus überfrachtet dastand), weil eine Kindheit der Requisiten und Versatzstücke nicht bedarf, um sich eine Welt zu erschaffen. Es genügte, einem abgebrochenen Ast zu sagen, er sei ein Schwert, und des Jägers Hochstand, auf den zu klettern dem Kinde strikt verboten war, wird, dennoch bestiegen, zum hochragenden Turm der Burg, in dem es als Ritter haust, nachbarschaftlich mit den Schlangen, den Lindwürmern, die es siegreich zu bekämpfen galt, und von denen er in seinen Erinnerungen einen in einer Kramschachtel bewahrt hatte: ein Gummibandl, das als Drache tief hinter Anker-Bausteinen vermauert worden war vom Sechsjährigen.

Diese Kindheitssommer in grün wogender Landschaft unter glanzblau reinem Himmel hatten sich tief eingenistet im Gehäuse seines Seins und nährten mit Erinnerungen beständig den Wunsch nach Wiederkehr. Da war die Mahd, wenn die Heumandln auf dem stoppelig geschnittenen Hang standen und das Gras in der Sommerhitze verendend seinen Duft entfaltete. Noch intensiver aber war der Geruch der Hitze im Erdbeerschlag. Zwischen den dürren Zweigen, die unter den Schritten knackten, schossen hellgrüne Gräser durch, kniehohe Halme, einzeln stehend, wo an fast haarfeinen Fädchen die Samenhülschen hingen. Dazwischen vereinzelte Steine und Baumstümpfe, manche hellgrau, fast weiß, mit Ameisenhaufen, die an ihnen lehnten.

Der Stillstand der sonst rastlos bewegten Natur war ein Teil dieses Erlebens. Die Gräser trugen reglos ihre Samen-Kaskaden, still stand auch das Geäst des Nadelholzes am Waldrand. Tiere regten sich keine, außer den Ameisen, die wie gewohnt tätig waren und aus dürren Tannennadeln, die den Boden hellbraun bedeckten, ihre Behausungen aufhügelten. Eine Betriebsamkeit, die auch die brütende Hitze dieser Tage nicht zum Erliegen bringen konnte.

Mit sich allein zu sein, war er gewohnt, er hatte es schon als Kind geübt, lustvoll vor allem draußen am ›Sommerhof‹, wenn er den Wald durchstreifte, wohl auch, um alleweil drohenden Hunzungen durch den älteren Bruder zu entgehen. Im Tann erschuf er, sich auf sich selbst gestellt, eine Welt, die anderen, mochten sie auch auf gleichen Pfaden unterwegs sein, ganz und gar unzugänglich blieb. Und was die Wege anging, so liebte er es, das allgemein Gangbare ins Unwegsame zu verlassen, in einen Urwald, wo in Höhlen, ihre Schätze hütend, Lindwürmer hausten, und kühne Ritter – er selbst war ja tatsächlich einer – gegen alles Ungemach der Welt antraten, um einer Prinzessin Hand zu gewinnen. Da kam es schon auch immer wieder vor, dass die Einbildung so sehr Oberhand gewann über den Pfarrwald mit seinen lässlichen Gefahren, dass er sich unvermittelt zu fürchten begann und panisch hangab auf die freien Wiesen und heimwärts zurück unter das schützende Dach des Elternhauses rannte.

Hier der Welt grübelnd abhanden zu kommen, war ein am Kinde häufig beobachteter Zustand, der sich den anderen daran zeigte, dass er mit scheinbar leicht hervorgetretenen Augen vor sich hinglotzte, ins Leere, wie die anderen denken mussten (›ins Narrenkastl‹, sagte die Mutter), tatsächlich aber ins Innere, in Bereiche, zu denen nur er Zutritt hatte; wie damals im Wald, wenn Sommerfrischler seiner Wege gingen, ohne Ahnung von den in Höhlen hausenden Ungeheuern und Rittern, die auf sie lauerten. Da wurde die Hauskatze, die im Kreis wirbelnd den eigenen Schwanz einzufangen versucht, ohne Mühe zum Jungdrachen, der Gleiches tut. Der ›Sommerhof‹ mit seinen Wiesen, den kleinen und den geräumigeren Teichen und dem Wald ringsum, abgehoben von der dörflichen Betriebsamkeit, war ihm ein Ort von fast unerträglicher Schönheit in einer goldenen Zeit.

Dagegen stand das dunkle Wohnen in der Stadt im Winter auf nie ganz staubfreien Teppichen und hinter schweren Vorhängen, die das Dämmerdunkel der Jahreszeit draußen hielten und innen eigene Düsternis nährten. Das waren seine von Jahresende zu Jahresende wechselnden Winterzimmer, nun bei der Faber, und seit dem Oktober Achtundzwanzig frei von Krimskrams, um der Einfachheit jedes Umzugs willen.

Ferne Fenster

Der einzige sofort erkennbare Makel des Hauses in der Pfarrwiesengasse war der, keine Vis à Vis zu haben. Nicht auf der nördlichen Straßenseite, wo der Blick über die niedrigen Gebäude der Privoznik'schen Sodawasser- und Kracherlfabrik auf das einzige drei Stock hohe Gebäude in der Iglaseegasse ging. Das war jedoch belanglos, weil die Wohnung der Faber Fenster dorthin nicht hatte. Sie lag im hinteren, weniger eleganten Teil des Bauwerks, von wo der Blick über die tiefe Schlucht der Bahn, bescheidenes Grün benachbarter Gärten und die Hohenauergasse hinweg zu einem fernen, dem freien Auge nicht günstigen Gebäude ging, in dem – wie er bei einem am Morgen nach dem Einzug sogleich unternommenen Spaziergang feststellte – das Mädchenpensionat einer Hanna Wolff untergebracht war.

Hier war ein Feldstecher gefragt, und er musste sich nicht erst mühsam solch ein Gerät besorgen, am Tandelmarkt etwa, sondern hatte es im Gepäck, in dem es am Tag aller Heiligen eingezogen war ins licht blaue Zimmer und von Hoffnungen ausgepackt und bereit gestellt am Fensterbrett neben der Glastür, die in die Loggia führte und die sommers offen stehen mochte nach Hundstagshitze, abendliche Kühlung ins helle Blau des Raumes flutend. Die aber nun, in einem allen Anschein nach herandräuenden strengen Winter – der alte Lebert selig hätte es zu deuten gewusst – zusammen mit dem frostig hellen Blau der Wände die Erwärmung des Refugiums doch heftig erschwerte; wobei die an zwei Nägeln und Ösen quer vor die Tür gehängte, doppelte Pferdedecke nicht wirklich hilfreich war und nur allenfalls durch die Ritzen eindringende Zugluft milderte.

Durch den Feldstecher gerieten ihm die fernen erleuchteten Fenster zwar besser in den Blick, er musste aber feststellen, dass die Gestalten sich nur vage und schattenhaft hinter Vorhängen bewegten und dergestalt der Schaulust wenig Befriedigung boten. Paradiesisch war es nur im elterlichen Hause mit seinen vielen straßenseitig und über den Hinterhof auf unterschiedliche Gebäude blickenden Fenstern gewesen.

Dem Wunsch, nackte Körper zu schauen, hatte sich erst bei Müller in der Döblinger Hauptstraße und dann bei der Witwe Trabert in der Scheibengasse seit nun zwei Jahren wenig Erfüllung geboten. Im Sinne der Arbeits-Einsiedelei, die er sich verordnet hatte, war das durchaus günstig, denn Angriffe sexueller Natur vom Ausblick her aufs mönchisch scriptorische Dasein entfielen solcherart.

›Primum scribere‹ also. So sah er das, wenn er sich, oft schon sehr früh am Morgen, an sein Schreibtischchen setzte und sich, seine Füllfeder aufschraubend, ins Leben einer dicken Dame begab, das es auszumalen galt.

Damit hielt er sich das ›vivere‹ vom Leib, vorläufig. Denn, so notierte er im Journal: ›Wenn ich viel gearbeitet und wieder Geld habe, suche ich mir den schönsten Popo der Welt.‹ Als Schlaraffenland, nachdem er sich durch den zähen Grießbrei des Schaffens gearbeitet hatte.

Er wusste es nicht, fühlte es aber an sich heranbranden, das Verderbte der Stadt und ihrer Massen, ungenau, sich vage zeigend und verschwindend, wie das Auge im Dämmergrau sieht, weil Bereiche der Netzhaut ausfallen im Düsterlicht von Kellern und Höhlen. Da wurde geflissentlich verdrängt, dass auch in der spinatgrünen Lieblichkeit rund um den ›Sommerhof‹ Unmoral umging im Dorfe. Er hatte es selbst erfahren, ohne es aber als unmoralisch oder verwerflich zu empfinden, damals. Das kam später erst, als das Präferierte unterdrückt zu werden hatte, weil von Kirche, Staat und Gesellschaft geächtet.

Am ›Sommerhof‹ stand, so meinte er, die Natur, der blauklare Himmel und die gesund resche Luft als Bollwerk gegen die Sünde; sah man ab vom Herbst Zwanzig und dem Hereinragen der Lagergewohnheiten in die saubere Welt da draußen, die in sexuellen Unrat abzugleiten wenig Gelegenheit bot. Die herbst-winterliche Stadt dagegen stand voll Verlockung da, überall erkannte er die Möglichkeiten, auf der Straße, in der Tramway, in den Kaffeehäusern: ein Blick genügte, um Aussicht auf verbotene Kumpanei zu eröffnen, die auszukosten er sich aber stets versagte.

So blieb der verklärende Blick auf die Sommer der Kindheit, die frei von all dem waren, was ihm jetzt das ›scribere‹ störte, weil der Drang zum ›vivere‹ tief innen doch stärker war.

Durch schreiben das Leben überwinden, so stellte er sich das vor. Wäre er aber reif gewesen, in jenem Zustande also, in dem einer nicht mehr auf sich hereinfällt, er hätte erkennen können, dass durch das Schreiben das Leben nicht ins Unrecht zu setzen war; und je länger es seine Ansprüche zurückgewiesen sah, umso heftiger pochte es auf seine Rechte, ging es doch um die Erhaltung der Art. Wobei der Trieb auf Fortpflanzung nicht als conditio sine qua non bestand, wie es die Kirche will, die gerne Wasser predigt und Wein säuft. So auch beim Geschlecht.

Gerüche im Haus

Zwar war die Pfarrwiesengasse Dreizehn alles andere als eine der üblen Zinskasernen, deren Küchen zum Gang hin fensterten, dorthin, wo auch die Aborte lagen, wodurch das Stiegenhaus notwendig zu einem olfaktorischen Inferno geriet. Dennoch war es auch hier unvermeidlich, dass sich beim Öffnen der Wohnungstüren die den Parteien jeweils eigentümliche Atmosphäre ins Allgemeine des Hauses ausbreitete. So etwa flutete, wenn Frau Enn – sie führte den Milchverschleiß im Souterrain links vom Haustor – ihr Gewölbe zum Stiegenhaus hin öffnete, eine Woge säuerlichen Geruchs hervor, den sie dann an sich hochtrug zu ihrer Wohnung im Hochparterre, und der, wenn sie darin verschwunden war, noch eine strenge Weile über den Stufen hing und ihn, so er ihren Weg kreuzte, an den Duft der Mutterbrust erinnerte, die freilich die einer Amme gewesen war. Dann stand auch das weiße Kinderzimmer im Elternhaus unten am Kanal vor seinen Augen und der große, weiß lackierte Tisch mit den runden Füßen, auf dem einst von emsigen Kindermädchen seine Windeln gewechselt worden waren, und an dem er seit seiner Heimkehr aus Sibirien jahrelang an seiner Seinswerdung als Schriftsteller gearbeitet hatte; tagtäglich dem polternden Unmut des Vaters über die Brotlosigkeit dieses Berufes ausgesetzt.

Anders, und dem fein tarierten Equilibrium seines Wesens weitaus bedrohlicher, war jedoch der Odor, der bisweilen aus der Hausmeisterei rechts vom Eingang drang, und von dem sich – so einer das auf sich zu nehmen bereit war – auch nach vielfachem Einziehen der Luft durch die Nase, nicht sagen ließ, aus welcher Quelle er sich speiste. In ihrer überwältigenden Sättigung rief diese gewaltige Blähung, die durch die geöffnete Tür tückisch und still hervordrang, Erinnerungen an die Tableaus der grausigen Grottenbahn vulgärer Erotik in der Adamsgasse wach, die den Gymnasiasten gewaltig verstört hatten und auch jetzt noch schwer ertragen wurden, wenn sie aus den tiefen Kavernen, wohin er sie verbannt hatte, unwillkommen hochstiegen.

Treppauf, schon im ersten und deutlicher im zweiten Stock war davon nichts mehr zu merken. Nur wenn die Hausmeisterin, die seiner Meinung nach passend zu ihrem Wesen den imperativen Namen Putz trug, mit Besen, Kübel und nassen Fetzen säubernd zugange war, schwebte – ätzend beinah und quälend lange – starker Schweißgeruch durchs ganze Stiegenhaus, was ihn stets veranlasste, möglichst rasch an die frische Luft zu enteilen.

Komplettiert wurde das Universum der Dünste im Hause durch die Gewohnheit der Lyrikerin, von Zeit zu Zeit, ohne dass dieses Auftreten kausal zu begründen gewesen wäre, im Stiegenhause mit einer Spritze aufzutauchen, wie sie die

Billeteure in Kinos nach einer Vorstellung benutzen, um dem bevorstehenden Publikum die Illusion frischer Luft zu bescheren. Damit versprühte sie einige Stöße eines Duftstoffes minderer Qualität im Treppenhaus, aber keineswegs, wie schon angedeutet, um damit etwa gegen den beißenden Arbeitsschweiß der Hausmeisterin oder gegen die säuerlnde Milchfrau anzutreten, oder gar gegen den Brodem, der in Sagen und Märchen dem Rachen von Ungeheuern, hier aber der Hausmeisterwohnung entströmte, sondern ganz ohne erkennbaren Anlass. Solcherart lag die Vermutung nahe, dass sie sich einfach am Reigen der Gerüche im Stiegenhaus beteiligen wollte, weil aber ihre Wohnung jungfräulich steril nach gar nichts roch, sie sich eben der Duftpumpe bedienen musste, um auch eine Spur ihres Daseins zu hinterlassen.

In dieser Kakophonie sich fallweise auch überlagernder Gerüche blieb er selbst gewissermaßen mittellos, denn die mitunter alles andere als dezente Lavendelaura, die ihn umschwebte, wenn er das Haus verließ, vermochte gar nichts gegen die pestilente Übermacht der anderen.

Den Lavendelduft hatte er erstmals an einem der Gäste seiner Eltern am ›Sommerhof‹ wahrgenommen, einem nachmaligen Sektionsrat, draußen im Garten abseits des Tennisplatzes, wo der rundliche und reinliche Duft gegen die Aromen der Natur siegreich angetreten war. Wenig später, er war damals fünfzehn gewesen, hatte er von diesem Sektionsrat ein Paket mit zwei in bergende Holzwolle gebetteten Flakons dieses Herrenduftes geschickt bekommen und war ihm seither treu geblieben.

Bedeutend übler als die Geruchsbelastung im Stiegenhaus war jedoch ein anderes Phänomen. Küche, Klo und Bad seiner Zimmerwirtin hatten Fenster nur in einen winzigen Lichthof, in seiner Bemessung kaum mehr als ein Schacht, in dem die Gerüche von ganz tief unten herauf stiegen wie Rauch in einem Kamin. Und die Küche der Faber teilte diesen Schacht nicht mit dem säuerlichen Souterrain der Enn, sondern am Grunde dieses Schlotes kochte die Putz, und wie schon angedeutet, war oft nicht zu unterscheiden, ob es aus der Küche heraufdampfte oder dem Abort. Ein Bad hatten Herr und Frau Putz nicht, und ob sie je in einer öffentlichen Badeanstalt gesehen wurden, ist nicht überliefert. Wohl aber die Mahnung der Faber an den neuen Untermieter, das Küchenfenster nur in äußerster Not – wenn beispielsweise etwas angebrannt war in der Pfanne – zu öffnen. Oder spät, sehr spät nachts, wenn das Ehepaar Putz schlief. Keinesfalls aber, wenn das Barometer, das im Vorzimmer hing, Tiefdruck anzeigte, oder Kälte über dem Dache das Heraufsteigen der animalischen Wärme aus dem Souterrain begünstigte. Die Winterwochen durften mithin als problematisch angesehen werden.

Anna und Eduard Putz

Jeder Mensch trägt seine Intelligenz ins Gesicht geschrieben, und zwar umso deutlicher, je weniger davon vorhanden ist. So auch die Putz. Hätte sie das leere Gehäuse ihrer Dummheit zumindest mit Erkenntnissen aus den Fortsetzungsromanen in den Zeitungen gefüllt, es hätte dann – wie das vielfach der Fall ist – beim Vis à Vis der illusionäre Eindruck von Intelligenz und Bildung entstehen können; die Putz aber war in diesem Punkte durchaus aufrichtig. Da war nichts, und sie versuchte es auch gar nicht zu verschleiern. Früh schon hatte sie sich in der inhaltslosen Cavität ihrer Dummheit behaglich eingerichtet, hatte dort ihren Sessel und saß. Dadurch war ihr Gesäß von Jahr zu Jahr merklicher in die Breite gegangen, weit entfernt aber von den wabernden Fetthintern der Adamsgasse. Herzlos mochte einer die Putz als ›aus dem Leim gegangen‹ bezeichnen, was Herr Putz, der Tischler, zu seinem Gewerbe passend ja auch tat; niemals jedoch ihr gegenüber.

Vom Gatten Eduard, einem sanften Mann, der in sich ruhend wie der Leimtopf im wärmenden Wasserbade, mit froher Ernsthaftigkeit, seinem Tagwerk nachging, unterschied sie die mangelnde Bereitschaft zu Duldsamkeit. Nicht erst neuerdings, sondern immer schon, eingepflanzt und gehegt von der Mutter, die Duldsamkeit auch nicht gekannt hatte, aus freilich anderen Gründen. Anders als diese, die – vom Gatten, einem Hallodri, vernachlässigt – fortwährend Rache an der Welt nehmen zu müssen meinte, war die Unduldsamkeit der geborenen Srb gewissermaßen coupiert worden durch das friedvolle Wesen des Mannes, der mit der gleichen Gewissenhaftigkeit, mit der er Nut und Feder eines Werkstücks ineinander passte, der Gattin lieferte, was sie schon vor der Hochzeit von ihm bezogen hatte, nun aber als entbehrlich hinstellte, soweit es sie betraf.

Ein Mann, mit dem sich nicht streiten ließ, war für die ererbte Neigung der Gattin, aufzubegehren auch ohne triftigen Grund, natürlich eine Katastrophe. Nun gab es Ehefrauen zu Hauf, die mit ihren Männern auch nicht streiten konnten, weil jeder Ansatz dazu vom Gatten niedergewatscht wurde. Derlei soll auch in Hausmeistereien schon vorgekommen sein. Eduard Putz jedoch erstickte jeden Versuch der Gattin, eine unschöne Auseinandersetzung zu beginnen, im Keim, allein durch die Friedfertigkeit, die ihn umhing wie das Milchsaure die Enn.

Wann und warum sie die friedlich versöhnliche Aura ihres Mannes schließlich über gehabt hatte, muss ungeklärt bleiben; es mag aber damit zu tun gehabt haben, dass die redlich vorgenommenen Begattungen keinerlei Mutterschaft bewirkten, wofür sie – anderes ist glatterdings undenkbar – natürlich ihm die Schuld gab.

Sie hatte ihn satt, mochte man sagen, um es kurz zu

machen. Allein das ›bis der Tod euch scheidet‹ stand einer Lösung des Problems entgegen. Und derart uneins mit sich und der Welt, gedieh die ererbte Begabung der Anna Putz für Intrige und hantigen Umgang nicht nur mit dem Gatten, sondern auch allen anderen. Vor allem wenn sie an ihre Grenzen des Begreifens stieß, trat vor die Putz die Srb, als die sie geboren worden war. Nur kleine Inseln verlogen grimassierender Freundlichkeit ragten aus dem Ozean ihres Missmuts, der sie umwogte wie den Gatten dessen Friedfertigkeit.

›Die ist sich selber z'wider‹, lautete durchwegs die Einschätzung der anderen, mit denen sie beim Greissler, in der Trafik und natürlich im Hause zu tun hatte. Tragisch, aber so ist das Leben; immer – wie Schopenhauer richtig erkannte – eine missliche Angelegenheit, und es muss ein ungeklärtes Rätsel bleiben, warum Anna Putz nicht in gnadenlose Bigotterie verfiel.

Was den Unterschied zwischen der Putz und dem von ihr so adressierten ›Herrn Dokta‹ ausmachte, war die an sich simple Tatsache, dass dieser sich seiner insulär auftretenden Dummheit durchaus bewusst war und mit dem Schwert seiner Intelligenz ebenso tapfer wie fortwährend dagegen antrat. Ob erfolgreich oder nicht, war – vor allem im Geschlechtlichen, das bei Männern bekanntlich fest von Dummheit besetzt ist – eine andere Frage. Die Putz hingegen war in Ermangelung einer derartigen Waffe ihrer Dummheit hilflos ausgeliefert, gemildert aber dadurch, dass ihr dies gnädig verborgen blieb.

Untermieter

Geübt im Zustand, Untermieter zu sein, hielt unser nicht mehr ganz so junger, gleichwohl aber immer noch eminent begabter Dichter es für schlechterdings undenkbar, dass er, obwohl hinter dem Wall der Hauptmieterin hausend, vom Wissensdurst der Putz verschont geblieben wäre. Unterparteien, wie Untermieter am Meldezettel hießen und von denen es zur Zeit im Hause nur einen, nämlich ihn, gab, waren aber – was mitunter an der Putz nagte – viel schwieriger auszukundschaften, als das bei den regulären Mietern der Fall war, mit denen die Hausmeisterei in einem quasi Amtsverhältnis stand.

Nicht nur weil sie Monat für Monat, von Tür zu Tür sich hocharbeitend, am einen Tag die Zinszettel verteilte, um dann am anderen den Zins in bar zu kassieren, sondern weil sie darüber hinaus auch befugt war, auf Meldezetteln für Unterparteien Unterschrift für den Hauseigentümer zu leisten; weswegen auch auf dem entsprechenden hellblauen Papier rechts unten in spitzem Kurrent (›Deutliche Schrift mit Tinte!‹ war gefordert) der Name Anna Putz stand. Und links jener der quartiergebenden Partei, hier der Faber, in runder, moderner Schreibschrift, derer sich auch der Dichter bediente, dessen Unterschrift wegen seiner Unerheblichkeit fürs amtliche Tätigwerden allerdings nicht gefragt war.

Es war ihm, dem studierten Psychologen und erfahrenen Untermieter, völlig klar, dass die Gefechtslinie der Putz am Geschlechtlichen entlang lief. Sein vorläufig noch in sich geschlossen und rund ruhender Lebenskreis war jedoch, so dachte er, von Putz'scher Neugier allenfalls tangential berührt, denn er fühlte sich, in seinem blauen Zimmer mönchisch werkend, moralisch unangreifbar.

Dies mochte er, sieht man von den einsamen Anfechtungen und dem nächtlichen Pirschen in Kaffeehäusern ab, hier im Hause auch sein. Aber – und damit, dass die Putz solche Gedankengänge entwickeln könnte, rechnete er nicht –, keine Damenbesuche zu haben bedeutete ja keineswegs notwendig hochmoralischen Verzicht auf alles Geschlechtliche und nährte solcherart den Verdacht, der betreffs Frauen allzu Enthaltsame müsse ›vom anderen Ufer‹ sein, wie feinere Leute das nannten, oder einfach ›ein Warmer‹, wie es volkstümlich und so auch bei der Putz hieß.

Dass es Männer gab, die sowohl mit Damen als auch mit Herren sündigten, war der Putz von fern bekannt. Weil sie aber, anders als er, nicht wusste, was der Philosoph Weininger entdeckt zu haben meinte – dass nämlich männlich und weiblich in unterschiedlichen Anteilen in jedem Menschen vorhanden waren, gemischtem Faschierten ähnlich, in dem Rind und Schwein höchst unterschiedlich, aber eben auch halb halb enthalten sein konnten –, weil sie also in

Unkenntnis dieser versöhnlichen Erkenntnis lebte, hielt sie solche Leute für nicht weniger verachtenswert.

Die erste Begegnung der Anna Putz mit dem Manne, von dem sie durch den Meldezettel wusste, dass er Schriftsteller war, war enttäuschend für sie ausgefallen. Sie hatte sich unter einem Schriftsteller keine derart unscheinbare Figur undeutlich abschätzbaren Alters erwartet. Ebenfalls vom Meldeformular wusste sie, dass er vierunddreißig war, doch stimmten ihrer Ansicht nach amtliches Alter und Aussehen nicht überein.

Ferner war ihr bekannt, dass er Doktor war, Schriftsteller, konfessionslos, verheiratet, die Gattin aber separat gemeldet. Sie hatte auch dies dem Meldezettel entnehmen können, den die Faber ihr ausgefüllt (Deutliche Schrift mit Tinte!) zur ersatzweisen Unterschrift des Hauseigentümers vorgelegt hatte.

Wie bei kaum gebildeten Leuten häufig zu beobachten, hatte auch die Putz zwar gewisse Mühe, gedruckt oder mit der Hand schriftlich Niedergelegtes zu erfassen. Dort aber, wo ad notam nehmen von Inhalten gefragt war, die sie nichts angingen, war die Putz von durchaus beneidenswerter Geschicklichkeit. So musste sie auch jenen tadelnden Zusatz des Beamten aufgeschnappt haben, wonach der zu Meldende es versäumt hatte, dem Amte einen Aufenthalt in der Provinz zu bekennen.

Mit der Wesensart von hausmeisternden Kreaturen bestens bewandert, ahnte er, dass die Putz ihre Neugier als eine professionelle deuten würde, um – sollte Polizei befragend auftauchen – ausführlich Auskunft geben zu können. Kurzum, so fasste er für sich zusammen: die Putz verfügte, was ihn, den Untermieter der Faber betraf, zwar nur über rudimentäres Wissen, was sie aber nicht daran hindern würde (wie denn auch bei ihrem Naturell), deutend und deutelnd Schlüsse daraus zu ziehen und – was ihr überhaupt nicht zustand – diese dann auch noch moralisch zu bewerten.

Schriftsteller, wenn auch sesshaft (und sei's auch nur in Untermiete), zählten für sie gewiss dennoch zum fahrenden Volk, zigeunerisch umherziehend (siehe Meldezettel!), und waren daher mit Vorsicht zu genießen. Dazu noch ein dem Amte zunächst verschwiegener Aufenthalt in der Provinz.

Ahnungslos, dass dies eine Art Hochzeitsreise gewesen war, oder, kurz wie sie war, wenigstens eine hätte sein sollen, schloss sie aus dem separat Gemeldetsein der Gattin, dass der Doktor sich allein in ländlichen Gegenden aufgehalten habe, und fragte sich nun: wozu? Denn dies hatte der gewissenhafte Beamte nicht erkundet und deshalb auch nicht in seiner spitzen Schrift am Amtspapier notiert. Hochzeitsreise hätte dort stehen können, was aber den Separat-Vermerk im Feld ›Gattin, auch Mädchenname‹ noch sonderbarer hätte erscheinen lassen. Oder auch: ›Aufenthalt im Elternhaus‹ (da wie dort), was übrigens schwer zu beweisen gewesen wäre, denn was die An- und Abwesenheiten von Familienmitgliedern und Gästen im ›Sommerhof‹ anging, nahmen's die Herrschaften nicht so genau, und am Gemeindeamt ließ man sich's – weil's eben Herrschaften waren – auch gefallen.

All das blieb für die Putz jedoch in jenem Halbdunkel, in dem sich besonders leicht Gespenster sehen lassen. Mithin war ihre Einbildungskraft gefragt, deren Wucherungen zu sezieren er aber keine Laune hatte.

Selbstverständlich hatte er am Meldeamt klüglich unterlassen, darauf hinzuweisen, dass es unerheblich war, wo und warum er in der Provinz geweilt hatte. Aber offenbar wollte der Beamte das auch gar nicht wissen, zumal der Raum in der Abteilung ›Wenn zugereist‹ mit dem bekannten, tadelnden Vermerk bereits aufgebraucht war; und irgendwelche Appendices am Meldeformular anzubringen, sah die entsprechende Verordnung nicht vor.

Das stetig Lauernde, das ihm schon bald nach seinem Einzug an der Putz aufgefallen war, hatte er bisher als bedeutungslos für sich erachtet. Mochte sie ihn beäugen, wenn er die letzten Stufen herabkam, die zum Haustor führten, und sie durch die offene Tür der Hausmeisterei ein »Tag Herr Dokta« süßelte. Mochte sie auch, sobald er auf den Gehsteig getreten war, ebenfalls aus dem Hause treten, vorgeblich der Messingtürschnalle zu neuem Glanz verhelfend, tatsächlich aber nur, um zu sehen, ob er von jemandem erwartet oder abgeholt wurde, ob er ein Automobil bestieg, und wenn nicht, in welche Richtung er davon schritt.

Von all dem, Hausmeistern vermutlich per Spezies eigen, fühlte er sich nicht betroffen; es tangiere ihn nicht, bildete er sich ein, und was auch immer die Putz aus ihren Beobachtungen stricken und an andere weitergeben würde, beim Greissler Loiskandl etwa, tangiere ihn ebenfalls nicht, weil ihm die Leute, mit denen die Putz sich austauschte, wurscht waren.

Dass die Putz strickte – nicht mit Nadeln und Wolle, denn was hätte sie, kinder- und enkellos, stricken sollen –, war ihm klar. Wer, wenn nicht er, der Schriftsteller, der auf seine Art, wenn auch auf höherem Niveau, ebenfalls Geschichten strickte (wenngleich er es nicht so genannt wissen wollte) – wer also kannte die Mechanismen besser, wie aus oft recht flüchtigen Beobachtungen, aus da oder dort aufgeschnappten Teilchen eines Gesprächs und der notwendig peripheren Wahrnehmung an und für sich bedeutungsloser Vorgänge, wie aus all dem Konkretes sich entwickeln konnte, vorausgesetzt einer billigte dem Geschriebenen dieser Art Wirklichkeit zu.

Ging der Herr Dokta fort, nach links, zur Zehenthofgasse hin und in diese abermals nach links einbiegend, und kehrte er wenig später mit Säcken in jeder Hand wieder, so war er, alle sonstigen Vermutungen enttäuschend, beim Kohlenhändler gewesen. Derlei an Tatsachen orientierte Hergänge, die sich deutender Ausschmückung geradezu brutal widersetzten, interessierten die Putz wenig; allenfalls fertigte sie – zwei glatt, zwei verkehrt – aus der Frequenz dieser Gänge die Heizgewohnheiten des Faber'schen Untermieters, gekoppelt mit der Frage, ob er sich das denn auch leisten konnte; mehr aber nicht.

Unvergleichlich fesselnder waren für die Putz jene Gänge des Herrn Dokta, die nicht so einfach zu deuten waren, wie jene um Kohle und Holz oder in die Trafik der Frau Heber am Saarplatz, von wo er, an der Zeitung in seiner Manteltasche leicht erkennbar, ebenfalls stets rasch zurückkehrte. Dass er, wenn sein Wiedereintritt ins Haus sich verzögerte, in der Delikatessenhandlung des Herrn Lambert einkaufte, wusste sie vom Greissler Loiskandl, der gerne auch über Leute redete, die seinen Laden nicht frequentierten, und zwar mit entsprechend verächtlicher Einschätzung dieser Kreaturen.

Verließ der Herr Dokta jedoch das Haus zur Tramway hin, also die ganze Pfarrwiesengasse hinan zur Grinzinger Allee, wo der Achtunddreißiger eine Station hatte, bildeten sich im leeren Gehäuse ihrer Unwissenheit, Blähungen gleich, bizarre Vermutungen, die ihr Mann, wenn sie ihn damit belästigte, gelassen mit jenem Wort bezeichnete, das der Wiener für derlei allemal gerne in den Mund nimmt. Er nannte die Schlussfolgerungen der Gattin respektlos ›an Schas‹, was das Verhältnis der Eheleute zueinander zu bessern nicht imstande war.

Hätte sie können, wie sie gerne wollte, sie wäre dem Herrn Dokta ohne zu zögern gelegentlich auch nachgegangen, aber Hausmeisterin zu sein bedeutete eben auch – geradezu schicksalshaft – Anwesenheitspflicht, sodass eine aushäusige Bespitzelung nicht nur des suspekten Untermieters der Faber, sondern auch der anderen Parteien, der gediegenen vor allem, unterbleiben musste.

Gutwillig hätte man das Denken der Putz einfach schlicht nennen können. Nun war die Putz ja nicht die Einzige, die behaglich im Hohlraum ihrer Dummheit festsaß. Derlei Existenzen sind zahllos, und nur wenigen gelingt es, durch übermenschliche Anstrengungen sich daraus zu befreien.

Aber wer tut sich solch eine Plage schon gerne an, wenn's doch auch bequem geht. Dem Dummen ist seine Dummheit ja keineswegs Hölle, ja, nicht einmal Purgatorium, aus dem er sich in intellektuelle Höhen hinauf schmoren konnte, sondern ein Paradies, ganz ohne reinigende Umwege; weil er oder sie anderes nicht kennt.

Und wo die Dummheit nicht missionarisch auftritt und jene, die's besser wissen, nicht in ihr Paradies holen will, ist letztlich dagegen wenig einzuwenden. Zum Übel freilich gerät es, wenn sich zur Dummheit eines Individuums, eben etwa der Putz, charakterliche Schwächen wie Neid, Tücke und Verlogenheit gesellen; gleichviel, aus welchen Quellen diese üblen Neigungen geflossen sein mögen.

Wobei jene, die meinen, es besser zu wissen, immer auch bedenken sollten, dass Dummheit keineswegs nur allumfassend, also eine Person gänzlich einhausend auftritt, wie das bei der Putz freilich der Fall war, sondern kleine Territorien von Dummheit, wie schon erwähnt, auch im darüber erhaben sich Dünkenden vorkommen.

Nun mag man universell dumme Menschen als schlicht bezeichnen, was zugleich deren vermeintliche Harmlosigkeit nahelegt. Unter anderen Umständen jedoch, politischen vorzugsweise, kann die stillste, selbstzufriedene Dummheit einem warum auch immer erwachten Drachen gleich zu entsetzlicher Wirkung ausarten. In diesem Punkte war die Putz freilich kein schlafender Drache; Proben ihrer Missgunst, Tücke und Verlogenheit gab es vielfach, und wer – anders als der Herr Dokta – schon länger mit ihr zu tun gehabt hatte, war sich dessen bewusst und dementsprechend auf der Hut.

Die Hausgemeinschaft

Jeder Bewohner der Pfarrwiesengasse Dreizehn war Teil eines im Grunde fiktiven Gebildes, das Hausgemeinschaft genannt und stets wortreich beschworen wurde, wenn sich jemand nicht so benahm, wie jemand anderer es mit Verweis auf die im Hochparterre ausgehängte Hausordnung für angebracht hielt.

Formal war auch Frau Faber Teil dieser Hausgemeinschaft, aber eben nur als in diesem Hause wohnhaft und der Hausordnung unterworfen, nicht aber Genossin jener, die – wie beispielsweise der Maler Pelzl und die Klavierlehrerin – noch unter Kaiser Franz Joseph hier Wohnung genommen hatten, wie auch das Ehepaar Putz, das sich – nicht sosehr, weil sie tief unten hausten – seit dem Todesjahr des Kaisers als Fundament des Ganzen verstand.

Frau Grete Faber hingegen war erst im vergangenen Jahr zugezogen und hatte – was an sich ungern gesehen wurde – von Anfang an Untermieter gehabt, woraus die gediegeneren Parteien den Schluss zogen, sie würde sich die Wohnung im Grunde gar nicht leisten können. Diese gediegenen Hausparteien hielten sich auch zugute, dass sie im Hause eines

Sektfabrikanten wohnten, insgesamt also ›Upper Class‹, wie das neuerdings hieß, und ihre Einstellung zu den Unterirdischen war klar. Die Enn, deren Existenz wohnend ja ins Hochparterre hinauf rankte, wurde dennoch nicht zu den Gediegenen gezählt; besonders nachdrücklich nicht vom Realschulprofessor im ersten Stock, der seinen ›Prof. Dr.‹ um sich hertrug wie die Enn ihre Milchsäure und der diesen Vergleich empört als unzulässig zurückgewiesen hätte, wäre er ihm zu Ohren gekommen. Dederle, der mit seinem ›Ing. Dr. tech.‹ für derlei Arroganz ebenfalls ausreichend fundiert gewesen wäre, gab sich hingegen stets jovial, nicht anbiedernd, aber immer den Eindruck hinterlassend, hier werde – und zwar auch der Putz gegenüber – von Mensch zu Mensch agiert.

Dass die Faber sich aus finanziellen Gründen Untermieter nehmen musste, war die freundliche Deutung dieses, von den Altparteien missbilligten Zustands. Die weniger gediegene Putz hatte dafür eine andere Erklärung, und sie hatte diese auch im ganzen Hause zu propagieren versucht, war damit aber nicht wirklich erfolgreich gewesen. Denn anders als in jenen eingangs erwähnten Zinskasernen, wo die Bassena, die gemeinsame Wasserstelle am Gang, half, Meinungen schimmelpilzartig über das gesamte Gebäude zu verbreiten – begünstigt überdies dadurch, dass viele eines gleichen Geistes Kinder sich dort trafen –, anders als dort war derlei hier nicht möglich, und so musste die Putz als einsame Kämpferin für diese ihre höchst subjektive Wahrheit angesehen werden. Sieht man von der Enn ab, die sich mit ihrer Milchausschank in einer der Bassena verwandten

Position befand, was den Austausch von Wissen und Vermutungen anging, hatte die Putz letztlich keine wirklich Gläubigen hinter sich, auf die sie sich bei der Verbreitung ihrer Erkenntnisse hätte verlassen können. Und dies war wohl eine weitere Ursache für ihre hantige Verbitterung, mit der sie hier lebte.

Insgesamt galt die Privatbeamtin Faber als eine adrette Person. Für die Putz jedoch war sie ein liederliches Frauenzimmer, weil ja – und zu solchen Kunststücken war die Dummheit der Putz jederzeit durchaus fähig – die Person den Unterstellungen angepasst sein musste. Kurz gesagt, wenn die Putz annahm, die Faber wäre ein liederliches Frauenzimmer, so hatte sie auch so auszusehen, wurscht, ob's so war oder nicht. Die Feindseligkeit der Putz wurde aber auch noch aus anderen Quellen genährt, so beispielsweise durch die Tatsache, dass die Faber die Hausmeisterin, wenn sie den Zins kassierte, nicht ins Vorzimmer bat, wie die anderen Parteien das taten, sondern bei offener Tür am Gang warten ließ, bis die Angelegenheit erledigt war. Allein diese Brüskierung reichte, um im unzugänglichen Gehäuse der Privatbeamtin Sachverhalte zu vermuten, die mit Sitte und Anstand und – schlimmer noch – mit der Hausordnung (als deren Justizia sie, die Putz, die Waagschale hielt) nicht in Einklang zu bringen waren. Zinszettel und Bargeld waren im Übrigen sehr rasch gewechselt, weil die Faber den Betrag stets penibel abgezählt bereit hielt und solcherart die Konfrontation mit der Putz sehr kurz gehalten werden konnte.

Frühere Versuche, sich mit dem Rauchfangkehrer, dem

Gaskassier oder dem ›elektrischen Mann‹ (er trieb die Gebühren fürs E-Werk ein) in die Faber'sche Wohnung einzuschleichen, waren ebenfalls fehlgeschlagen, was die Verstimmung der Putz nicht eben zu mindern vermocht hatte.

Wirtshäuser

Die Küchenbenützung, die dem Untermieter zugestanden war, beschränkte sich in seinem Fall auf die Zubereitung von Kaffee und allenfalls belegter Brote am Abend, wobei ein Ei dafür zu kochen bereits eine Herausforderung darstellte. Mithin musste mittags ein Wirtshaus aufgesucht werden, was sich zwar belastend auf seine fortwährend maroden Finanzen auswirkte, aber eben unerlässlich war, weil ihm – mit Köchinnen aufgewachsen – schlicht unvorstellbar war, sich eine Dose Gulasch oder Reisfleisch aufzuwärmen, die es beim Greissler Loiskandl auf der anderen Gassenseite wohlfeil gegeben hätte. Überdies war vom Herkommen bedingt, ja, geradezu gefordert, Restaurants und Gastwirte zu frequentieren.

Dieser seiner Neigung kam entgegen, dass, wie damals eigentlich überall in der Stadt, auch in dieser Gegend kein Mangel an Wirtshäusern herrschte. Das nächstliegende war jenes des Herrn Neumann, der in tiefem Souterrain an der Ecke Zehenthofgasse und Iglaseegasse Küche und Ausschank betrieb. Frau Neumann kochte ordentlich, streng ausgerichtet an den Erwartungen der Kundschaft, die Weinbergschnecken oder ›Kalbsmedaillons Jeritza‹ verstört hätten. So gab es denn Gulasch, Schweinsbraten, das stadtheilige Schnitzel und Deftiges wie Beuschel und eingebrannte Erdäpfel.

Über dem wuchtigen Eisschrank der Firma Linde hing eine gerahmte Photographie, auf der das Ehepaar Neumann, flankiert von Küchenhilfe und Kellner, vor dem Lokaleingang posierte. Der Schanigarten auf dem Bild würde im Sommer den Verzehr von Frittatensuppe und Schnitzel samt Erdäpfelsalat im Freien ermöglichen, unter den Kastanien, von denen die Gasse gesäumt war; fürs Personal, das unentwegt die steile Stiege auf und ab zu rennen hatte, aber eine Qual.

Freilich hatte er den Neumann, obwohl der so bequem zu seinem neuen Quartier lag, nur einmal aufgesucht und dann ›die Gulaschgruft‹, wie er das ins Souterrain versunkene Eckwirtshaus abschätzig nannte, nie mehr betreten.

Mit der Greisslerei schräg gegenüber war es ihm übrigens genau so ergangen. Nur einmal hatte er seine Nase ins von leichtem Schimmelgeruch durchwehte G'wölb der Loiskandls gesteckt und angesichts der Gegebenheiten lediglich eine Dose ›Inzersdorfer Reisfleisch‹ gekauft und fortan den längeren Weg in den Delikatessenladen des Anton Lambert am Saarplatz, dem Kaffeehaus gegenüber, in Kauf genommen, was sich auf seine Finanzen ähnlich auswirkte wie der unverzüglich vorgenommene Wechsel aus der Gulaschgruft in die lichten Höhen des ›Restaurants Holzer‹, das einem, der ›Ritter von‹ gewesen, aber immer noch einer war, der speiste, anstatt zu essen, weitaus mehr entsprach als die übrigen Wirtshäuser. All das rechtfertigte er sich damit, dass er im Begriffe stand, ein großes Werk zu beginnen.

Der Holzer war ein gut bürgerliches Restaurant mit weiß gedeckten Tischen; nur in der Schank lagen die Bierdeckel auf grün lackierten Tischflächen. Die Preise, hieß es, wären nicht ganz christlich, aber die gebotenen Speisen, vor allem jene, die jenseits des Tagesmenüs auf den Tisch kamen, waren von guter Qualität und durchwegs mehr als bloß zufriedenstellend. Und es gab Postkarten vom Speisesaal: Thonetsessel, deren Lehnen dunkel gegen die weißen Tischtücher musterten, ein gewaltiger Kanonenofen, Art-déco-Tapeten, ein Kellner in Weiß, ein Ober in Schwarz.

Die Plätze um den Ofen waren meist unbesetzt, da das Ungetüm in seiner unmittelbaren Umgebung geradezu tropische Hitze verströmte, weil Wirte ihre Räumlichkeiten gerne zu überheizen pflegen, und es schien, dass der solcherart belebte Getränkeumsatz den Mehraufwand an Kohle nicht nur spielend wettmachte, sondern sogar erfreulich übertraf.

Der Unterschied des Holzer zum Neumann bestand neben seiner Ebenerdigkeit und dem echten Garten auch darin, dass das Speiseangebot nicht nur mit Kreide auf einer schwarzen Tafel notiert kundgetan war – nur in der Schank stand eine solche Tafel, auf der die Weine angepriesen waren –, für Speisegäste gab es eine Karte.

Zudem und letztlich ausschlaggebend für den jungen Dichter war die Tatsache, dass der Holzer – ein Wirt wie aus dem Bilderbuch, wie man so sagt – wusste, worauf es ankam. Die Leute mussten das Gefühl haben, nicht in irgendeinem Lokal zu sitzen, sondern Gäste des Herrn Bezirksrats Holzer zu sein. Empfindungen, wie sie vor allem bei den Stammgästen – und der Holzer Franz hatte so gut wie keine anderen – jede Mahlzeit wohlig unterfütterten, sosehr, dass über die Preise hinweggesehen wurde, weil die Qualität der Gerichte eben eine war, wie sie in gemeinen Beisln nie erreicht wurde, sieht man vom Gulasch ab, das im Grunde nur in solchen, teils inferioren Lokalen wirklich gut ist, dennoch aber nicht gerne unter der Erde zu sich genommen werden wollte.

So war Neumanns Gulaschgruft ausgeschieden, und das ›Restaurant Holzer‹ wurde – ungeachtet der Tatsache, dass er es sich nicht wirklich leisten konnte – sein Stammlokal. Dazu beigetragen haben mochte auch, dass ihn der Holzer, der Artillerist gewesen war und verklärte Erinnerungen an das Große Völkerringen hegte, ihn mit ›Herr Leutnant‹ ansprach. Woher er das wusste, war unschwer zu erraten, denn an einem speziellen Tisch tafelten regelmäßig gewesene oder in Reserve sich befindliche Militärs, von denen einer dem Franz verraten haben dürfte, wer der schiefäugige Gast war und in welchem Range.

»Siebzehn hätt's dem Fähnrich im Lager viel Salutieren erspart«, war erzählt worden. »Aber von der Beförderung zum Leutnant (jetzt der Reserve) hat er erst im Mai Einundzwanzig erfahren. Da war's dann praktisch nix mehr wert.«

Beim Holzer schon, da wurde der Schriftsteller wie gesagt mit ›Herr Leutnant‹ tituliert, wie der Herr Franz übrigens auch die Abschaffung des Adels nicht zur Kenntnis zu nehmen bereit war. Herr Graf oder Herr Baron waren geläufige Anreden, und weil es rabiat gleichmacherische Rote in Holzers Reich nicht gab, nahm niemand Anstand daran; und er, der abgeschaffte ›Ritter von‹, schon gar nicht. Der Herr Leutnant wurde vom Wirten immer bevorzugt behandelt, wie alle anderen auch.

Am Holzer mochte er auch den Garten mit den alten Kastanien, deren Kronen jetzt zwar schon durchwintert dastanden, aber, so, wie er sich heiße Sommertage in der Loggia vor seinem Zimmer vorstellte, dachte er sich Mittagessen unter den Kastanien in Holzers Gastgarten zauberhaft; beschlagene Biergläser und die knirschenden Schritte des Wirtes und seiner Kellner auf dem Kies. So war es auch im Gastgarten des ›Oberen Engl‹ gewesen, wohin er als Gymnasiast mit seinem Hauslehrer ausquartiert wurde, wenn der ›Sommerhof‹ voller Gäste war. Da war herzhaft getafelt worden, denn Beschränkungen hatten sich weder der Zögling noch sein Erzieher aufzuerlegen, und die Rechnungen, vom Lehrer abgezeichnet, wanderten bergan in den ›Sommerhof‹, wo sie im Aufwand, der mit den wichtigen Gästen getrieben wurde, untergingen.

Aber der Sommer, auch der nächste, nun noch fernliegende, wurde nicht in Wirtshäusern, sondern am Lande bei den Eltern verbracht, parasitierend, wie gesagt, wo die Küche exzellent war und, was den Genuss nicht unerheblich steigerte, die Suppen und Braten samt Beilagen nichts kosteten. Hier beim Holzer war Mutters spendende Schwäche für ihren Liebling häufig gefordert.

Primum vivere

Der Rückzug ins blaue Zimmer der Grete Faber war ein neuerlicher seiner wieder und wieder unternommenen Versuche, Bedingungen zu schaffen, unter denen sich die Stimmung des sibirischen Elysiums in Krasnaja Rjetschka entfalten könnte. Winterschlaf, draußen die Schneewüste, innen Geborgenheit, um Licht und Wärme gedrängt, sicheres Dasein, ohne dass Angelegenheiten zu erledigen gewesen wären, die das Dichten behindert hätten. Zu dieser Schirmung gehörten auch die hohen Planken des Lagers, die den Blick auf die Welt ringsum großteils verwehrten, aber vom Blau des Himmels dem Auge alle Schattierungen großzügig darboten.

Seither war er bestrebt, das Lärmen der Zeit wie damals in russisch Mandschurien, südöstlich von Chabarowsk, nicht eindringen zu lassen in seine jeweiligen Behausungen, hier ins licht blaue Zimmer der Frau Faber, das vor der Außenwelt noch durch die Loggia beschützt wurde; was jetzt im Spätherbst notwendig Düsterkeit bedeutete, die am Schreibtisch aber durch eine Lampe mit grün-gläsernem Schirm, wie sie in Ämtern häufig war, gebannt wurde. ›Primum scribere‹ also.

›Schon die Dämmerung sah mich frisch, und die sechste Morgenstunde fand mich über Teetasse und Manuskript gebeugt‹, phantasierte er sich schreibend einen Idealzustand, den herzustellen freilich nur sehr mühsam und keineswegs immer gelang, weil das ›vivere‹ lebhaft beachtet werden wollte und immer wieder verursachte, was er verwüstete Tage nannte. ›Dies infernales‹ hieß das im Tagebuch. Schon am Morgen kein rechtschaffenes Erwachen, sondern ein Hineinstolpern in die Wachheit, die er sich um des Werkes willen verordnete, die aber dem momentanen Bedürfnis entgegenstand. Weswegen die viel beklagte Besudelung der Phantasie regelmäßig in einer sehr realen Besudelung des Leibes gipfelte. Und ohne – das war das Tragische daran – dass die Handanlegung gebracht hätte, was er sich gewünscht hatte, nämlich die Vertreibung dessen aus seiner Phantasie, was er sexuellen Unrat nannte.

Was an manchen solcher höllischen Tage folgte – das Schicksal kumuliert Widrigkeiten gerne –, war ebenfalls wenig geeignet, seine Laune zu verbessern und ihn in eine für die Arbeit am Werk taugliche Verfassung zu bringen: Es waren unvermeidbare Angelegenheiten zu erledigen, jene – im Ego nicht vorgesehenen – für ihn verstörenden Konfrontationen mit praktischen Erfordernissen des Daseins, wie es beispielsweise Amtswege oder die Behebung von postlagernden Briefen waren oder das Herbeischaffen von Nötigem, wie Heizmaterial und Nahrung. Alles vergeudete Zeit in seinen Augen, die dann bei der Vertiefung ins große Werk fehlten.

Dieser bockige Grimm erstreckte sich freilich nicht auf ebenfalls Zeit fürs Werk raubende Abende in Kaffeehäusern, die er ›jagend‹ aufsuchte und die doppelt vergeudete Zeit waren, wo sie nicht zum erotischen Durchbruch führten. Auch das unterschied die harte Wirklichkeit vom Elysium des Lagers, wo das Geschlecht leicht bedient gewesen war, wenn es bedient sein wollte, häufig von den Ansprüchen anderer dazu gedrängt.

Hier nun war Pirsch angesagt, nämlich das Wechseln von Botschaften in den Zeitungen im ›Victoria‹ oder im ›Landtmann‹, ein in hohem Maße eingespieltes Verfahren, bei dem ihm sein immer noch Feschsein durchaus half, und es überdies selten an Damen fehlte, die das Café mit dem nämlichen Ziele aufgesucht hatten.

Derartige Beute ins keusch licht blaue Zimmer der Faber mitzunehmen, lehnte er ab. Dem Mitgenommenwerden wohnte dagegen überdies eine stimulierende Dosis Abenteuer inne, weil vorweg niemals klar war – er war diesbezüglich unverbesserlicher Pessimist –, in welchen Inkommoditäten man landen würde: das Klo am Gang, nur kaltes Wasser fürs Bidet, dessen er sich stets ausgiebig bediente, verfangen im frommen Selbstbetrug, so könnte die Gefahr einer Infektion vermindert werden. Oder, ja, was war da noch? Einmal ein Gatte, der zuzusehen und vielleicht auch mitzumachen wünschte und unverzügliche Flucht verursacht hatte, die freilich am versperrten Haustor endete, sodass eine völlig verschlafene und entsprechend gelaunte Hausmeisterin herausgeläutet werden musste, die dann ein Sperrsechserl heischte, das bloß verdoppelt für eine von den Vetteln in der Adamsgasse gereicht hätte. Die aber verachtete er als dem erotischen Orkus angehörende Kreaturen, die er selbst in drängendster Not und trotz der Nähe zum eigenen Quartier im Elternhaus nicht aufgesucht hätte.

In Erinnerung blieben die Schauplätze derartiger Exzesse kaum, lediglich ein Interieur hatte er lebhaft vor Augen, weil es in seiner eisigen Weißlackiertheit den Eindruck erweckte, Ordination oder gar Krankenzimmer zu sein; was umso schwerer wog, als die Dame, die er im ›Café Victoria‹ erobert hatte, genau so unterkühlt war wie ihr Boudoir.

In der eigenen Bleibe war die Angelegenheit vergnüglicher, nicht nur, weil der Heimweg durch die mitunter unwirtlich wetternde Nacht entfiel, sondern beispielsweise auch, weil a priori bekannt war, dass das Bett nicht knarrte und quietschte und im Bad warmes Wasser aus dem Durchlauferhitzer kam. Auch herrschte hier insgesamt mehr Selbstgewissheit beim Procedere als auf fremden Territorium. Nur war dies hier im mönchischen Schreibzimmer bei der Faber einfach nicht vorgesehen.

Natürlich gab es auch derartige Jagdpartien, die unbefriedigend endeten, weil sich entweder kein geeignetes Wild zeigte, oder ins Visier genommene Beute sein Ansinnen empört zurückwies. Das war besonders schmerzhaft, weil erstens an der Eitelkeit nagend und zweitens nicht zur gewünschten Befriedigung führend, sofern er nicht irgendwo auf seinen Freund Reym traf, der, mittlerweile ein erfolgreicher Anwalt, es sich leisten konnte, ihn auf eine Hure einzuladen.

Was den Beruf anging, akzeptierte er, dass die Jahre in Russland für ihn, über ihn entschieden hatten. Er war Schriftsteller geworden, wie er es sich vorgenommen hatte, als einzig mögliches Lebensziel. Ein Gewerbe, das beim Vater, wie wir wissen, als brotlos leider in keinerlei Ansehen stand. Was die Jahre im Lager ihm sonst nahe gebracht hatten, meinte er hinter dem Ural zurückgelassen zu haben, allenfalls noch Bodensatz in seinem Wesen, in dem oben Klarheit herrschte, ungetrübt von den unten dicht versammelten Schwebstoffen des Gewesenen und Gehabten, wozu auch Lucian gehörte.

Der Fähnrich Lucian Siebl war ein fordernd hübsches Bürschchen gewesen, ein rosenwangiger Jüngling, wie die Romantiker sie malten, den nicht erst die Bedingnisse des Lagers geeignet machen mussten, weil aus der Zeit seiner Ausbildung in zwei Kasernen reichlich Erfahrung mitgekommen war. Im Mai Neunzehn, als das Eis des Jenissei aufbrach, war der Bursche in die abgestandenen Verhältnisse im Lager hereingeschneit und hatte sofort Begierden geweckt, aus heiterem Himmel. Was ihm da bevorstand, mochte er wohl geahnt haben, dass ihn diese Aussichten gestört haben könnten, darf jedoch ausgeschlossen werden. Auch seine Auftritte in Frauenrollen im Lagertheater kamen ihm sehr gelegen, nicht nur weil er ein wenig schauspielerisches Talent besaß, sondern es die Möglichkeit bot, das Kokottenhafte seiner Bühnenexistenzen – es wurden meist schlüpfrige Schwänke gespielt – von den Brettern herab mit in den Lageralltag zu nehmen. Lagergenosse Ehrenberger, bei dem er sich (nach wilder Anfangszeit beim jungen Dichter) als quasi seelischem Stützpunkt eingerichtet hatte, musste einiges tolerieren.

Wie in vielem anderen belog sich der junge Dichter auch hier, indem er Lucian in die sibirische Vergangenheit verbannte. Denn wenige Wochen nach seiner Heimkehr nach Wien hatte er das so zweckdienliche Geschöpf in den herbstlichen ›Sommerhof‹ verschleppt, wo er dann, kaum gestört durch die vom Dorf her nur stundenweise werkende Haushälterin, das Objekt der Begierde in greifbarer Nähe hatte. Es war, auch wenn er sich das nicht eingestand, eine Art Heimholen geliebter gelebter Gewohnheiten gewesen. Lucian und was mit ihm genossen werden konnte, ragte aus dem asiatischen Osten herein ins neue Leben in den alten Kulissen der Kindheit und des Heranwachsens, in das helle Zimmer unter dem Dach, von wo der Blick nicht in die blauen Berge jenseits der chinesischen Grenze, sondern über Wiesen hinging in fichtenbestandene, heimatlich vertraute Ferne. Klar geworden war ihm nur, dass dieses neue Leben nicht wie jenes alte werden durfte, das er hinter dem Europa von Asien trennenden Grenzstein zurückgelassen glaubte, das aber fest an ihm haftete. Es sollte aber auch kein Leben sein wie das zurückliegende im Elternhaus, obwohl ihn die Brotlosigkeit des eigenen Berufs in dieser Dekoration lange gefangen gehalten hatte.

Im Herbst Vierundzwanzig hatte er Lucian wieder getroffen, abermals allein, ohne Ehrenberger. Da war wieder belebt worden, was im September Zwanzig sich als Überbleibsel von Krasnojarsk in die Heimat geschummelt hatte. Ergänzt nun aber durch jene Procedur, nach der er durch eine gewisse Elfriede Podhany süchtig geworden war, und für die Lucian als Opfer geradezu geschaffen war.

Damals, vor sechs Jahren, war Lucian noch begehrenswert gewesen, zumindest erschienen, denn die Erinnerung verschob die Wahrnehmung ein wenig zugunsten des begehrten Objekts. Zudem durfte Einverständnis vorausgesetzt werden, was gerne über Mängel im Detail hinwegblicken ließ, weil es die mühsamen Herantastungen entbehrlich machte und sogleich zur Sache gegangen werden konnte.

Vom dichtenden Lagergenossen ließ sich Lucian die fromme Folter gerne gefallen, zumal die Rolle des spärlich verhüllten Märtyrers seiner (wie sich inzwischen herausgestellt hatte recht unerwiderten) Liebe zur Bühne entgegen kam.

Lucian war etwas wie die Podhany, verlässlich, ein Vorgang, der sich auf eingespieltes Verfahren verlassen konnte. Danach aber war Lucian wie ein abgenagter Hühner- oder Stelzen-Knochen, der nun wertlos am unsauberen Teller lag, von dem man wünschte, dass der Kellner ihn rasch abservierte.

Die Besudelung der Phantasie durch das Geschlecht, vornehmlich das eigene, die er – sich kasteiend – ablehnte und im Tagebuch bitter beklagte, wenn sie dennoch stattfand, ließ sich nicht dauernd unterdrücken, mochte er auch noch so darauf bedacht sein, sich durch voluminöse Weiber den lüsternen Blick auf Männer zu verstellen.

Er hatte gelernt zu entsprechen, denn dies hatte er als den Weg des geringsten Widerstands begriffen. In der Schule waren es minimale Entsprechungen gewesen, gerade noch, wobei immer auch der familiäre Hintergrund Berücksichtigung fand bei der Bemessung der Leistungen und dem

Aufsteigen in die nächsthöhere Klasse. Gemeinsam mit Ventruba und Rottenstein hatte er den Auswurf der Klasse dargestellt, und es spricht hintennach mindestens für eine bedeutende Toleranz der Lehrer, dass sie nicht überhaupt und glatterdings hinausgeworfen worden sind.

Waren die Jahre im Gymnasium noch von tief sitzender Verachtung für alle Gegebenheiten ringsum bestimmt gewesen, so hatte er in den Jahren seither gelernt, sich anzupassen; nicht anzustreifen, wie's in Wien so schön heißt. Die Rebellion gegen den Vater erschöpfte sich trotzig darin, gegen des Alten Willen Schriftsteller zu sein, so, wie er sich das in Sibirien vorgenommen hatte. Das hatte zwar Opfer gefordert in vielen Bereichen, zugleich aber Ruhe verschafft.

Nur wo's um die Fleischeslust ging, funktionierte das nicht. Abkehr von erotischen Seitenwegen bedeutete zwar Verzicht, Ruhe war so aber nicht zu gewinnen. Dennoch gebot er sich, auch hier zu entsprechen, und zwar dem, was das Gesetz forderte. Weniger aus Angst vor Anklage und Strafe, sondern einfach, um zu entsprechen, wie es unter des Vaters Tyrannei unerlässlich gewesen war.

Aber war es denn nur die Not des Internierten gewesen, die damals Mann zu Mann aufs Lotterbett drängte? Die willkommene Vermutung, unvermeidlich sei eben, was die Natur fordere, recht vehement mitunter, und die Tatsache, dass es eben anders nicht ging, entschuldigte auch die als Folge von Unvermeidbarem gehabte Lust.

Aber nur aus den Bedingnissen des Lagerlebens am fernen Zusammenfluss von Ussuri und Amur war ja nicht gewachsen, was ihn jetzt plagte. Noch weiter zurück, damals im Sommer Neunzehnelf, welcherlei Not war es da gewesen? Die Not eines in allem Fleischlichen orientierungslos vorerst ganz auf sich selbst gestellten Gymnasiasten, der hier Weisung erfuhr und Verwirklichung bis dahin nur vage vermuteter Freuden, und sie scheint nicht als unangenehm oder als Zumutung empfunden worden zu sein, diese Lenkung durch den Wissenden.

Nun war das Illusion, selbstverständlich möchte man sagen, denn mochte der Drang an sich zwar unbeherrschbar gewesen sein, es mit dem Hofmeister zu erledigen, aber keineswegs unvermeidbar, so naheliegend es auch gewesen sein mochte. Allein Hand an sich zu legen, wie er es zu tun gewohnt war, wäre möglich gewesen, aber eben auch weitaus weniger aufregend.

Im Tagebuch aufzuschreiben, was ihn, das ›Primum scribere‹ sabotierend, plagte, ging nicht an. Wo sonst der Akt des Niederschreibens befreiend half, war derartige Bewältigung hier nicht möglich. Weil der Schriftsteller aber dem Leben und seinen Anfechtungen gegenüber kein anders Mittel kennt als die Sprache, musste es dennoch niedergelegt werden, aus dem Kopf in die federführende Hand. Nicht aber ins Tagebuch, sondern auf einzelne, lose Zettel, die – vollgeschrieben – von ihm in winzige Teilchen zerrissen und den reinigenden Flammen im Ofen übergeben wurden. So war das Übel für den Augenblick bewältigt, aber nicht dokumentiert, worauf es in der Wirklichkeit des konservativen Staates letztlich ankam.

Der Hofmeister

Wie angesichts des flegelhaften Zustands des Schülers zu erwarten gewesen war, drohte das Jahreszeugnis der fünften Klasse katastrophal auszufallen; sogar Ergänzungsprüfungen im September waren nicht auszuschließen, sodass zwecks intensiven Trainings während der Ferien auf dem ›Sommerhof‹ ein ›Hofmeister‹ gesucht wurde. Das waren meist Maturanten, die noch intus hatten, was von einem Gymnasiasten an Wissen gefordert wurde, oder auch Studenten, die, jene Jahre erst kurz hinter sich, in allen Fächern noch ausreichend bewandert waren, um sich durch die Mühe, einem lernunwilligen Flegel beizubringen, was ihn nicht interessierte, eine kostenlose Sommerfrische und auch noch Geld fürs kommende Studienjahr zu verdienen.

Schon ab Mai fanden sich zahlreiche Angebote für Hofmeisterposten wie auch diesbezügliche Wünsche auf den Annoncenseiten der besseren Blätter. Wer die Illustrierte-Kronen-Zeitung las, hatte kaum Söhne auf dem Gymnasium und hätte sich's überdies auch gar nicht leisten können, denn für derartige Hofmeisterei bedurfte es eines eigenen Landsitzes, wo der Erzieher untergebracht und verköstigt werden konnte, oder ausreichend Geld, um ihn im Gasthof oder Hotel der Sommerfrische halten zu können.

›Hochschulstudent, Griechisch, Latein, Englisch, sportlich, erteilt auch Tennis- und Schwimmunterricht‹ – so hatte die Anzeige in der ›Neuen Freien Presse‹ gelautet, auf die hin wenig später Adam Reym, ein Student der Rechtswissenschaften mit Gymnasialzeugnissen, die ihn auch als kompetent in den naturwissenschaftlichen Fächern auswiesen, für Juli und August als Hofmeister für den allseits schwächelnden jungen ›Ritter von‹ auf den ›Sommerhof‹ engagiert worden war. Erzieher und Zögling wohnten in der großen, lichten Dachstube, die später eine jener von Erinnerungen überquellenden Höhlen im Wesen des jungen Dichters werden sollte, wie es die Kinderzimmer und die Quartiere in Sibirien gleichermaßen waren.

Der Unterricht fand auch im Wald und auf der Wiese statt, sodass die Ferien nicht als vollends verdorben erlebt werden mussten. Auch war zwischen den Lektionen, vor allem in den alten Sprachen, Zeit, gegen die Hitze des Tages im kleinen Teich beim Tennisplatz zu plantschen, um dann erfrischt zu Ovid, Platon und Co. zurückzukehren.

Der Unterricht im Tennis, den Reym zu geben imstande gewesen wäre, entfiel, weil der Zögling dafür kein Faible hatte; das Spiel, dessen gespanntes und zugleich rundvollweiches Paff-Paff der Schläger und Bälle oft den ganzen Tag zum Haus herüber klang, war ihm zu sehr mit der Familie und ihren Gästen verquickt, als dass er sich damit hätte anfreunden wollen. Schwimmen konnte er zwar, aber der Hofmeister bot an, ihm den Crawl-Stil beizubringen, wofür der Teich am elterlichen Besitz freilich zu klein war, und sie deshalb das Schwimmbad der Gemeinde aufsuchten, das fußläufig bequem zu erreichen war.

Der Schüler, ohne Angst vor dem Wasser, machte rasch erfreuliche Fortschritte und es wurde nicht nur geschwommen. Rangeleien der beiden im Wasser mit gegenseitigem Untertauchen erweckten bei den übrigen Badegästen, die den wahren Sachverhalt nicht kannten, den Eindruck, es handle sich hier nicht um Zögling und Erzieher, sondern um Freunde oder Brüder, deren einer drei, vier Jahre älter sein mochte als der Jüngere. Beider Körper verrieten, dass ihnen mancherlei Sport nicht fremd war. Von einem, der antike Literatur im Original beherrschte, hätte man den asketischen Leib eines Stubenhockers erwartet, der bis tief in die Nacht über seinen Büchern hockt und sich bei schlechtem Licht die Augen verdirbt, nicht aber einen derart durchtrainierten Körper, wie Reym ihn zur Schau stellte, denn anders konnte sein Ringertrikot, das weite Teile seines Oberkörpers frei ließ, nicht verstanden werden. Und so zog er denn auch mehr oder minder verschämte Blicke der badenden Weiblichkeit auf sich, wie auch jene eines älteren Herrn, der Gast in der Villa des Kammersängers war und wohl ebenfalls Künstler.

In den Waldteich, den größeren, der abseits und weiter oben am Rande eines geschlägerten Waldstücks lag, und aus dem das eiskalte Nutzwasser für den ›Sommerhof‹ floss, sprangen die beiden mitunter gerne nackt und bedurften in der über dem Schlag flimmernden Hitze keiner Handtücher, um wieder trocken in ihre Hemden und Hosen schlüpfen zu können. Wenn sie Erdbeeren fanden, sammelten sie die Früchte nicht, um sie daheim mit Schlagobers und Zucker anrichten zu lassen, sondern stopften sich die Mäuler voll und fühlten sich glücklich, unartige Kinder sein zu dürfen. Die Erdbeeren, die im ›Sommerhof‹ auf den Familientisch kamen, an dem auch der Hofmeister zugelassen war, lieferten Frauen aus der Ortschaft, von denen auch die Pilze kamen, die unten in der Küche gebraten und gebacken wurden und die Mahlzeiten der Familie bereicherten.

Die lateinische Grammatik und das Übersetzen aus dem Griechischen liefen daneben – von lebhaftem Lob des Hofmeisters nicht nur für das Wissen, sondern auch das Aussehen seines Zöglings befeuert – nahezu problemlos, und dem Englischen waren die manchmal späten Abendstunden gewidmet.

War das Haus voller Gäste und die lichte Dachstube wurde gebraucht, um Leute unterzubringen, die für des Vaters Geschäfte von Bedeutung waren, oder Verehrer der jüngsten Tochter, die noch unter die Haube zu bringen war, dann hatte er mit Reym in ›Franz Hollers Gasthof zum Oberen Engl‹ zu übersiedeln.

Er hatte keine Einwände gegen das ausgelagert werden; nicht nur, weil es keinen Unterschied gemacht hätte, sollte er sich gegen die Anordnung des Vaters aufgelehnt haben, sondern, weil solcherart Abstand zur Familie entstand, eine eingebildete Unabhängigkeit, wenn auch unter Aufsicht des Hofmeisters. Die Zimmer im Gasthof waren nicht unbehaglich, jenes von Lehrer und Schüler lag ebenerdig, und die Fenster gingen zur Seite hin, wo der Fluder war, in dem das Wasser für die weiter unten klappernde Mühle dahin rauschte.

Anders als oben im ›Sommerhof‹, wo je ein Bett an den gegenüberliegenden Seitenwänden der Dachstube stand, gab hier ein mächtiges Doppelbett den Ton an, darin abends Hofmeister und Zögling, beide bereits im Pyjama, an den am Kopfende des Bettes aufgestellten dicken Pölstern gelehnt saßen. Im Lichte der Kerzen, die in schweren Leuchtern auf den Nachtkastln standen, wurde ein englischer Kriminalroman gelesen, und die Stimme des Hofmeisters war untermischt vom Rauschen des Wassers, das vor den der sommerlichen Hitze wegen immer noch geöffneten Fenstern durch den Fluder zur Mühle schoss.

Das zu lesende Roman-Kapitel, das die Geschichte eines Mannes, der eine schwarze Perle als Kragenknopf trug, nur behäbig einer Lösung entgegen schleppte, weil auch immer wieder Vokabel zu erläutern waren, die dem Zögling noch abgingen, war sechzehn Seiten lang und vom Hofmeister alsbald zu Ende gelesen, sodass die Fenster geschlossen, die mit springenden Hirschen und Tannen bedruckten Leinenvorhänge zugezogen und die Kerzen ausgeblasen werden konnten, wovon eine Zeitlang noch der Geruch des Rauches im Zimmer schwebte, den der verglimmende Docht verströmte.

Wie er dort in Hollers Gasthof über einen der Kreuzungspunkte seines Lebens gerumpelt war, geglitten eher, war ihm damals nicht bewusst gewesen. Viel später erst und reichlich staunend war ihm aufgegangen, wie der große Verschubmeister Schicksal in jener Nacht eine Weiche gestellt hatte zu einem Gleis, das parallel lief zu jener Strecke, auf die er durch seine Neugier und das helfende Wissen des Klassenkameraden in der Adamsgasse verschoben worden war. Hier nun hinaus aus dem dumpfen Brüten in troglodytischer Höhle, aus der Unlust an allem und sich selbst in eine ganz unerwartete Zufriedenheit mit sich und seiner Welt, die ihn freigiebig verwöhnte.

Reym, fünf Jahre älter, war als Hofmeister eine Autorität, wenngleich als solche nicht zu vergleichen mit dem tosenden Vater oder den pedantisch bildenden Professoren am Gymnasium. Die Autorität des kaum fünf Jahre Älteren war aufgeweicht durch dessen sehnende Zuneigung. Zwar galt es, seinen Anordnungen zu gehorchen, aber, anders als in der Schule oder im Elternhaus, wurde dieses Folgen ganz selbstverständlich getan, ohne inneren Widerstand wie beim Vater oder den Professoren. Das Verhältnis der beiden zueinander war am ehesten dem zu seinem Klassenkameraden vergleichbar, der ihn zu den Vetteln in der Adamsgasse verschleppt hatte.

Teil des Erfolges, den Reym bei der Präparation des Bürschleins für die finalen Klassen des Gymnasiums hatte, war eben dieses, wie er es nannte, griechische Verhältnis, das nicht nur mühsames Deklinieren bedeutete. Ob sich die Körperlichkeiten einfach ergeben hatten oder vom Hofmeister vorbedacht auf den Weg gebracht wurden, vermochte er nicht zu erinnern. In den sumpfigen Tiefen seines Wesens aber ahnte er, dass es für Reym nicht erforderlich gewesen war, in einen Wall von Widerstand eine Bresche zu schlagen.

Dass der Hofmeister dem Schüler Platons Symposion zu lesen gab, und zwar übersetzt, der besseren Eingängigkeit wegen, mag den Verdacht der Verführung nähren. Anderseits aber standen Übungen am griechischen Original sehr wohl auch auf dem Lehrplan des Gymnasiums, sodass hier auch ganz lautere Beweggründe des Hofmeisters angenommen werden dürfen. Jedenfalls argwöhnte niemand etwas, auch nicht der Vater, der das Buch beim Sohne hatte liegen sehen und der den Hofmeister als glänzenden Bridge-Spieler überaus schätzte.

Rendezvous im Park

Am unteren Ende der Zehenthofgasse betrieben zwei Schwestern Schaumkron – Elsa und Marianne – nicht nur eine Leihbibliothek, sondern in ihrer übergroßen Wohnung auch eine kleine Pension, die, weil Elsa im Sieveringer Atelier als Garderoberin arbeitete, vielfach von Leuten aus dem Filmgeschäft frequentiert wurde. So auch von Ehrenberger und Siebl, den Lagergenossen von einst, die vorübergehend aus Berlin angereist waren.

Von einem sesshaften sibirischen Freund hatte Ehrenberger das gegenwärtige Quartier des vagabundierenden Dichters erfragt und im Lehmann die Telephonnummer B-15-0-29 der Witwe Lebert gefunden. Das Gespräch war kurz gewesen, Ehrenberger hatte wissen lassen, dass er und Lucian kurz in Wien wären und ihn treffen wollten, und zwar in der Milchtrinkhalle im Park, die unter den Fenstern der Schaumkrons lag und sich als Treffpunkt an einem strahlenden Sommertag, wie der vorausliegende Freitag, der 13. Juni, es sein sollte, hervorragend eignete.

Kurz nur, beim Frühstück durchs Ordnen des Tages huschend, waren ihm Bedenken gekommen, die Begegnung mit den beiden könnte, zuvorderst was Lucian betraf, das lange Abgelagerte störend aufwirbeln. Dann aber war er zur Einsicht geraten, dass ›all das‹ schon viel zu weit rückwärts lag, um virulent zu werden. Auch hatte er sich, was er ›all das‹ nannte, von Erlebnissen zu Ereignissen umgedacht, bei denen er nicht dabei, sondern nur anwesend gewesen sei. Zwar durchaus mit Leidenschaft, was er aber ausblendete, und es hatte sich – was ebenfalls half, Abstand zu gewinnen – in ganz anderen Kulissen zugetragen, als es nach seiner Heimkehr das Elternhaus und der herbstliche ›Sommerhof‹ gewesen waren.

Es war tatsächlich Bodensatz. Oben herrschte Klarheit, ungetrübt vom unten versammelten Sediment. Bewältigt, dachte er. Das heißt, genau genommen dachte er das nicht, er hielt ›all das‹ vielmehr aus seinem Denken fern und meinte es damit bewältigt. Teils waren diese Ablagerungen auch wirksam in Werken gebunden, umgekleidet und zu Sprache verfestigt – so, wie in der Magie allein das Aussprechen zu bannen vermag –, sodass ein Aufwirbeln der Schwebstoffe unwahrscheinlich war; und wenn dennoch, es keine ernsthafte Bedrohung der gefundenen Ruhe bedeuten konnte. So brach er, zumal die beiden bald wieder in Berlin sein würden, gelassen auf.

Der Weg zum vereinbarten Treffpunkt erstreckte sich zwischen zwei Stationen der Vorortelinie, ein paar hundert Meter, die zu Fuß leicht zu bewältigen waren entlang der Bahn-Schlucht, eingehüllt vom Duft der blühenden Linden, die den Gang angenehm schattig machten an diesem doch ungewöhnlich heißen Frühsommertag. Unterwegs hoffte er noch einmal vergeblich auf einen Augenblick der Klarheit darüber, wie klug oder eben unklug es denn sein könnte, Lucian wieder zu sehen, nachdem er ihn so lange aus den Augen verloren hatte; eine Erleuchtung blieb jedoch aus.

Er betrat den Strauss-und-Lanner-Park von der Zehenthofgasse her über den Kiesweg, an dem die namengebenden Grabsteine standen, die Milchtrinkhalle am östlichen Rande des Parks im Blick. Im Rasenquadrat dem Pavillon gegenüber stand inmitten eines runden, mit roten und weißen Blumen patriotisch bepflanzten Beetes eine aus einem versenkten Kübel aufragende Palme, die gemeinsam mit der Milchtrinkhalle unbeholfen Kurstadt-Atmosphäre zu zaubern versuchte. Mütter mit Kinderwagen, Kindermädchen wohl auch, und der eine oder andere Müßiggänger saßen da, ihre Gläser mit Milch oder Limonade am Tischchen. Er fragte sich, ob den Leuten, die hier saßen, bewusst war, dass sie die brachiale Vorhut des Hochsommers mit ihren Temperaturen um die dreißig Grad auf einem geräumten Gottesacker genossen, der erst vor zwei Jahren in einen Park verwandelt worden war.

Aus der offenstehenden Flügeltür des Pavillons, durch die eine kleine, dralle Person heraus trug, was die Gäste wünschten – drinnen waren bei derart schönem Wetter die wenigen Plätze leer –, drang das Klappern von Geschirr und Besteck, mit dem eine zweite hinter der Budel hantierte, wie auch das Zischen der Syphonflaschen, wenn Mütter für die

Kinder Soda-Himbeer bestellt hatten. Alkoholisches war nicht im Angebot. Kundschaft, die darauf angewiesen war, kam ohnehin selten an diesen so zukunftsfroh gesunden Ort, und so sich dennoch jemand dieser Art hierher verlief, so hatte er oder auch sie im Flachmann dabei, was dem Glas Milch zum wahren Labsal abging.

Weniger im Auge als im Hirn blinzelnd konnte das Ganze von Renoir gemalt sein; eine bürgerliche Idylle in wenig beschaulichen Zeiten, und darin, an einem der Tischchen, die dort im Kies standen, überpünktlich, weil gleich nebenan einquartiert, Ehrenberger und Siebl.

Dieser erste Anblick Lucians schaffte dann, fast schmerzhaft und unvermittelt wie eine Watschen, die zuvor vergeblich gesuchte Klarheit. Die Angst, das alte Begehren – das tief innen am Köcheln gehalten wurde durch die seinerzeitige sibirische Niederlage im Wettstreit mit Ehrenberger –, dieses Lucian verfallen sein, das damals, kurz nach der Heimkehr zum Séjour unter dem Semmering geführt hatte (denn mit einer Art Treue zu Ehrenberger hatte es Lucian niemals genau genommen), die Sorge, dieses Verlangen könnte aufflackern, wie Schwelbrände hoch lodern, wenn ein Lufthauch sie streift, verflog beim Anblick des Mannes neben Ehrenberger.

Wie Dorian Gray in Oscar Wildes Roman war Lucian in seiner Erinnerung nicht gealtert. All die Jahre, die seither vergangen waren, auch über das Zwischenspiel von Vierundzwanzig hinweg, war der Bursche für ihn der nicht einmal Zwanzigjährige geblieben, der spät, im Mai Neunzehnneunzehn, den Frühlingsgefühlen der Lagerinsassen ein – wir sagen es ungern – recht williges Opfer wurde. So auch der seinen.

Eine Weile war es ihm, dem angehenden Schriftsteller, gelungen, Lucian zu faszinieren und an sich zu binden, auch dadurch, dass er dem Bürschchen bei dessen schreiberischen Gehversuchen half, wissend, wie aussichtslos die Sache war. Schließlich hatte er gegen den ebenfalls künstlerisch geprägten Ehrenberger den Kürzeren gezogen. Ein Abglanz dieses sibirischen Frühlings war noch zu spüren gewesen, als er Lucian wenige Wochen nach der Heimkehr aus der Gefangenschaft in den ›Sommerhof‹ mitgenommen hatte, ins herbstlich verwaiste Haus, wo ungestört möglich war, woran sie im Lager sich gewöhnt hatten.

Nun saß der einstens so wild Begehrte und auch vor sechs Jahren gerne Genommene vor ihm da, ein Glas saure Milch vor sich, auf der oben Erdbeermarmelade schwamm, die er mit langstieligem Löffel und weggestrecktem kleinen Finger im Glas verrührte, sodass Blassrosa entstand. Dieser Moment der Wiederbegegnung nach so vielen Jahren zwang ihn zu einer Korrektur des Bildes, das er bis vor wenigen Minuten von Lucian bewahrt hatte. Wider jede Vernunft übrigens, denn klar denkend hätte er sich sagen müssen, dass ein halbes Jahrzehnt vermutlich recht ausschweifenden Lebens sein Werk an dem Jüngling von einst verrichtet haben musste.

Den Mann, fast dreißig jetzt, wieder zu erkennen, war mühelos gelungen. Und nun wehrte er sich vergeblich gegen die Überlagerung der Erinnerung durch die gegenwärtigen Tatsachen. Lucian war sehr deutlich nicht mehr das zarte, schutzbedürftige Geschöpf, als das er sich im Lager gegeben hatte, aber er hatte diese Hilflosigkeit verinnerlicht, man mochte sie durchschaubare Pose nennen, wodurch allzu erkennbar wurde, dass er ›vom anderen Ufer‹ war, was aber im moralisch vom Rest der Gesellschaft recht separierten Filmgeschäft keine Rolle spielte. Die Figur im schicken weißen Leinenanzug mochte als unverändert hingehen – er vermutete ein Mieder –, der Rest aber war mühsam übertünchte Ruine. Die Diskrepanz zwischen dem, was er sein wollte, nämlich unverändert jung, und dem, was sich mit den Mitteln des Maskenbildners noch herstellen ließ, sprang peinlich ins Auge, schmerzhaft geradezu für jene, die, wie er, Lucian früher gekannt hatten. In der Lichtflut der Jupiterlampen im Atelier auf Zelluloid gebracht, mochte die Maske durchgehen, hier im Sonnenlicht des brütend heißen Sommertags versagte sie, nicht nur des Schweißes wegen, der an der Tarnung fraß. Die Augen glänzten, vermutlich eingetropft, und für einen Augenblick drängte sich ihm der Gedanke auf, Lucian könnte dieses Rendezvous darauf angelegt gehabt haben, den Liebhaber längst versunkener Zeiten neuerlich zu verführen, wie es ihm damals im Lager ganz ohne irgendwelche schmierigen Tricks gelungen war.

Sollte es ein derartiger Versuch gewesen sein, durfte er als kläglich gescheitert betrachtet werden, und es war Bedauern, was er, der ehedem so in das Jüngelchen Vernarrte, nun fühlte. Und es war geboten, sich die Enttäuschung nicht anmerken zu lassen.

Ehrenberger, der Älteste der drei, saß, ein Soda-Himbeer vor sich, da, wie er immer gewesen war. Etwas gewichtiger durch bescheidenes Wohlleben, ein paar Fältchen mehr im Antlitz, aber allzu Grobes vom immer schon fleischigen Gesicht verhindert. Er hatte niemals ausgesehen wie ein feinsinniger, nervös auf das Andringen der Welt reagierender Künstler; vielmehr war schon damals im Lager deutlich gewesen, dass er keiner war, der an der Wirklichkeit zerbrechen würde. Solcherart war er zu eben jener Stütze geworden, derer Lucian bedurfte; damals in Sibirien im Übermaß, und gewiss auch heute noch.

Ehrenberger war Künstler, nicht der ganz große, eher einer, der sich bisweilen ringend damit zufrieden gibt, nicht von der Kunst, von seiner Malerei zu leben, sondern von allerlei Nebengeschäften, wie eben nun beim Film. Er konnte malen, wie viele andere auch. Eine Zeitlang hatte er im Kunsthistorischen Museum kopiert und ganz gut damit verdient, diesem oder jenem Ministerialbeamten einen Brueghel für den Salon oder Madame fürs Boudoir eine Velázquez-Infantin zu ermöglichen. Malte er jedoch wie er selbst, war das Ergebnis gefällig, aber eben nicht mehr. Barocke Gaukelei, wie sie dem Österreicher so lieb ist, seit er dem klareren Glauben abzuschwören gezwungen gewesen war, verachtete Ehrenberger. Die Blutleere der Neuen Sachlichkeit hingegen beherrschte er aus dem Effeff. Dem Schlichten etwas wie Dämonie einzuhauchen, vermochte er nicht. Dämonisch schlicht sein, das vermochte nur Sedlacek.

Das ›einhauchen‹ strich unser Dichter, die Begegnung im Tagebuch hintnach notierend, durch und ersetzte es durch

›geben‹. Ehrenberger portraitierte Waschpulverschachteln und Cremedosen für Anzeigen und Plakate; ein Reklamemaler, einer, der sich durchwurschtelte. Dass er selbst, dem ehemaligen Lagergenossen durchaus ähnlich, nicht lebenserhaltend von den Früchten seiner Kunst zehren konnte, übersah er im Vergleich mit dem Freund, wiewohl es beständig an ihm nagte und er die Artikel, die er für die Rotationspressen, meist jener vom ›Tag‹, schrieb, als hindernde Ablenkung von der eigentlichen Berufung verfluchte. Dass mit den kargen Honoraren kein Auskommen war und er nur dank dann und wann entwürdigend gegebener Zuwendungen des Vaters und der regelmäßigen ›Apanage‹ seitens der Mutter überlebte, verdrängte er.

Nun saßen sie also da, alte Freunde, und freuten sich darüber, wie es jedem der drei in diesen schweren Zeiten gelungen war, nicht unterzugehen. Ehrenberger und dessen Lucian etwas besser als ihm selbst, der immer noch des finanziellen Netzes bedurfte, das seine Mutter für ihn aufgespannt hatte, unter der Bedingung, dass er niemals über sie schreiben würde. Die kleinen Geschichten, die er in den Zeitungen unterbringen konnte, reichten zum Leben nicht, aber sie hielten seinen Namen im Bewusstsein der Leser, wozu auch die Auftritte in Volkshochschulen dienten, wo er gegen weniger als ein Taschengeld kaufanregend aus Erschienenem, aber auch aus Unveröffentlichtem las.

Verglichen damit war das wirtschaftliche Fundament, auf dem Ehrenbergers und Lucians Existenz ruhte, geradezu fürstlich. Die beiden waren nach einigen Irrwegen in Berlin, dem Nabel des deutschsprachigen Kinos, gelandet; Lucian als Darsteller kleinster, meist stummer Rollen und Ehrenberger als Maler von Filmplakaten, auch jener riesigen, wie sie über den Toren der Filmpaläste prangten. Jetzt waren sie in Wien, weil sie für eine Filmproduktion engagiert waren, die etwas weiter stadtauswärts und hügelan in den Sieveringer Ateliers gedreht wurde. Lucian trat als Passant vor einem Kaffeehaus auf, das im Studio aufgebaut war und in dem zwei Wiener Filmsterne einander bei zwei kleinen Braunen ihre Liebe offenbarten, indes Ehrenberger Skizzen für das Plakat sammelte, das er machen durfte, weil der Regisseur auch eine private Schwäche für Lucian hatte, der dieser Neigung nicht nur im Hinblick auf das Engagement recht gerne entgegen gekommen war.

Aurelian

Es war Anfang Dezember gewesen, beim Holzer, und es wurde eben der Zwiebelrostbraten serviert, als Lucian den Speisesaal betrat. Aber nicht der, den er im Frühsommer im Park getroffen hatte, sondern jener, der im Mai Neunzehnneunzehn in Krasnojarsk zuerst aufgetaucht war, als frischer, mädchenhaft junger Fähnrich, und mit dem er nach seiner Heimkehr im Herbst Zwanzig einen Séjour auf dem ›Sommerhof‹ und den Excess vier Jahre danach gehabt hatte.

Ein zweiter Blick enthüllte den illusionären Irrtum, wenngleich ein weiterer die tatsächlich frappante Ähnlichkeit des jungen Mannes mit dem Gefährten aus dem Lager bestätigte und damit den Irrtum gleichsam entschuldigte. Sich immer noch der Möglichkeit bewusst, vielleicht nur gesehen zu haben, was durch eine entfernte Ähnlichkeit eine irrtümliche Wahrnehmung verursacht haben könnte, überprüfte er mit einem weiteren, etwas auffälligen Blick den gehabten Eindruck und durfte feststellen, dass der junge Gast, der eben etwas umständlich den Geigenkasten, den er mit sich führte, auf der Hutablage verstaute, tatsächlich ein Zwillingsgeschöpf jenes Fähnrichs aus dem Lager hätte sein können, das dieser aber nicht hatte.

Dazu gesellte sich nun, da die Geige verstaut war und der junge Mann sich gesetzt hatte, der Eindruck, dieser hätte bemerkt, angestarrt zu werden, und so senkte er seinen Blick sittsam auf den Rostbraten, der, wenn man erlebt hatte, wie ledrig zäh diese Speise ganz ohne schlechtes Gewissen seitens des Wirtes bisweilen serviert wurde, einfach nur makellos genannt werden konnte; nicht zuletzt, weil von den gerösteten Zwiebelringen kein einziger verkohlt war, wie das auch häufig vorkam, ebenfalls ohne dass der Wirt darunter eine Entgleisung verstanden hätte.

Es brauchte keine drei Wochen, um herauszufinden, dass die Anwesenheiten des Jünglings keineswegs zufällig waren, sondern immer am Mittwoch und Samstag, und da er stets seinen Geigenkasten dabei hatte, lag die Vermutung nahe, er würde hier in der Gegend Unterricht im Violinspiel nehmen.

Von der Faber erfragte er dann, wer in den umliegenden Gassen als Geigenlehrer in Frage käme, und erfuhr, dass in der Zehenthofgasse, dem Kohlenhändler Feuerstein gegenüber, ein Philharmoniker wohnte, ein Tuttigeiger, der unterrichtete und Fiedler hieß.

Die Wochen, da er den Holzer täglich aufgesucht hatte, um das Muster der vermuteten Geigenstunden herauszufinden, hatten natürlich finanzielle Opfer gefordert, die aber mit den Zuwendungen der Mutter bemeistert worden waren. Diese Zeiten waren jedoch vorüber, denn um den Stundenplan seiner Augenweide wissend, frequentierte er den Holzer nun bloß an diesen Tagen und begnügte sich oftmals mit dem Menue, anstatt à la carte zu speisen, wie er's als Ritter gewohnt gewesen war.

Den Blick auf den Geigenschüler schräg hinüber zum ersten Tisch beim Fenster gleich bei der Glastür deutete er sich als etwas wie einen Blick auf eine herrliche Landschaft oder prachtvolle Blumen; arglos also, womit er sich freilich betrog, denn die harmlose Augenweide hob tief aus dem Sumpf des Gewesenen, den er sonst scheute, Erinnerungen hoch, die auch, aber eben nicht nur über die Augen wirkten.

Auch einen Namen hatte er der Augenweide schon gegeben. Aurelian nannte er den Jüngling seiner bronzetonigen Haut wegen, gegen die das Blond des stets ordentlichen Haars und das Veilchenblau der Augen an Tiefe gewannen. Lucian war wiedererstanden in Gestalt Aurelians. Ein Doppelgänger, oder nein, ein Doppelgänger wäre wohl mit dem Vorbild gealtert. Aurelian war die Wiedergeburt, die Auferstehung vergangener Schönheit; längst vergangener, wie die Begegnung in der Milchtrinkhalle geradezu schauerlich vor Augen geführt hatte.

So weit, so gar nicht gut, denn von der Haut Lucians war nicht nur ihre Tönung in Erinnerung, sondern eben auch ihre seidige Glätte, vom Haar, wie es damals in der sibirischen Maisonne gerochen hatte, und wie das Veilchenblau in den entscheidenden Augenblicken deutlich nachdunkelte. Zwar stellte er sich Lucian erinnernd auch im Lageralltag vor, aber eben nicht ausschließlich; vor allem, wenn es am Morgen nicht und nicht gelang, das Bett zu verlassen, bevor die Anfechtungen des Fleisches beschwichtigt waren. Im

Tagebuch, das mit künftiger Leserschaft liebäugelte, stand dann: Dies infernalis und so fort. Auf den Sündenzetteln war anderes zu lesen, bevor sie in den Ofen wanderten.

Die Routine, die sich in den Kaffeehäusern immer wieder bewährte, wenn es um Weibergeschichten ging, konnte hier nicht greifen. Er saß dem Objekt der unterdrückten Begierde schräg gegenüber und wagte nicht, es ausgiebig zu betrachten, weil das aufgefallen wäre. Es musste ja nicht einmal lüsternes Glotzen sein, es ging schlicht und einfach überhaupt nicht an, gleichwohl es schwer war, den Blick von dem Jüngling zu lassen, der mit seiner Kultiviertheit dem Gelüfteten und Gewaschenen von Platons Männerwelt, die Reym ihm eröffnet hatte, so sehr entsprach.

Den Vorwurf, er hätte nicht dagegen angekämpft, musste er sich nicht machen. Das Schicksal aber, an das er unbedingt glaubte, war offenbar gegen ihn. Der Bursche war im fatologischen Gewebe aufgetaucht, eine Perle im profanen Einerlei von Kette und Faden; eine rare schwarze gar, wenn man so wollte.

Auch der Rückzug in das stille blaue Zimmer, das so still nicht war, wie es sich gab, vermochte Gelassenheit nicht zu schenken. Denn, ohne dass er es erkannt hätte (allenfalls fühlte er tief innen ein undeutbares Rumoren), begann der Raum ein Eigenleben zu entwickeln. Accelerando gruppierte die Säule den Raum um sich, sie benahm sich nicht länger als Fremdkörper, den es mit bunten Blumen zu umstellen galt, sie forderte – vorerst noch henidär – Mittelpunkt zu werden, nicht nur des Raumes, nein, auch allen Strebens des

Dichters, dem am großen Werk zu schaffen immer weniger gelang, weil er sich mit dem ›scribere‹ immer schwerer tat, da das ›vivere‹ aus dem Schritt hochdrängte, bis ins Hirn, und von da auf die Sündenzettel, die immer zahlreicher in den Ofen wanderten.

Dreist drängte sich Aurelian vor die Gestalten, mit denen er sein Meisterwerk bevölkert hatte, und er ließ es zu, glatterdings fahrlässig, und anstatt zu überlegen, wie etwa eine der Figuren sich in dieser oder jener Lage verhalten würde, nahm er Anstoß daran, dass der Jüngling keineswegs sittsam, wie es von ihm zu erwarten gewesen wäre, aufgespritzten Apfelsaft zum Essen bestellte, sondern Bier oder, wenn eine Mehlspeise aufgetragen war, Weißwein – von dem der Holzer einen herausragenden ›Spezial‹ anbot, dem auch er selbst gerne zusprach. Ja, Aurelian, der sonst so Makellose, war sogar dabei beobachtet worden, wie er sich nach dem Essen einen Schnaps bestellte.

Eine andere Frage, die ihn plagte, war, wie der Bursche sich – ganz anders als er selbst – so problemlos die Mahlzeiten beim Holzer leisten konnte. Vermutlich, sagte er sich, war das Elternhaus gut gestellt, dann aber, wenn schon die Mutter die Mühe am Herd scheute, wäre dort füglich eine Köchin anzutreffen gewesen, und der Jüngling hätte nach kurzer Fahrt mit der Vorortelinie – daheim in Hütteldorf, wie er vermutete – essen können. Ebenfalls bedenkenswert dünkte ihn, weshalb kein Chauffeur den Jungen zum Unterricht brachte und nach Fiedlers Unterweisungen wieder abholte. Bei den Verhältnissen, in denen er seinen Aurelian aufwachsen ließ, wäre anderes kaum denkbar gewesen. Aber weil es eben nicht stattfand, vermutete er dahinter einen egoistischen Vater, der erstens vom Virtuosentum des Sohnes nichts hielt, das unter der Fuchtel der Gattin keimte, und der zweitens den Wagen, der selbstverständlich vorhanden war, für sich selbst beanspruchte, um zwischen geschäftlichen Obliegenheiten auch den Bedürfnissen des Leibes nachzukommen, was bei einer Dame in der Leopoldstadt geschah.

Weiters stellte er sich vor, lebhaft und nicht ohne auf eigene Erfahrung vertrauen zu können, wie beim gemeinsamen Essen am Sonntag sein Aurelian hämische Bemerkungen des Vaters zu erdulden hatte, etwa derart, dass der Alte dem Sohn eine Zukunft als Stehgeiger in einem Gürtelcafé prophezeite. Vielleicht war Aurelian deshalb gar nicht so glücklich über den Saiten-Drill, dem er durch die Mutter ausgesetzt war, und trank deshalb, was dem Begehrenden erlaubte, sein Interesse an dem Burschen als tröstende Anteilnahme zu sehen.

Dann aber deutete er sich den Alkoholkonsum des Burschen als legitim, weil er ja älter sein mochte, als er aussah, und daraus leitete er auch ab, der Begehrte könnte, weil eben älter, durchaus verderbter sein, als von einem rosenwangigen Jüngling zu erwarten war. Diese Gedankengänge, unverkennbar in die Abteilung ›Befleckung der Phantasie‹ fallend, wurden im Tagebuch ausgespart, füllten aber einige seiner Sündenzettel, die er neuerdings eine Zeitlang aufbewahrte, um sie wieder zu lesen, bevor er sie den reinigenden Flammen des Ofens übergab.

In die Schule ging der Bursche nicht, soviel stand fest,

denn die Geigenstunden fanden zu Zeiten statt, da in den Schulen unterrichtet wurde. Ob er neben den Privatstunden bei Fiedler auch am Konservatorium studierte, war unbekannt, spielte aber für die Sache keine Rolle. Er träumte davon, wie Verlaine mit seinem Rimbaud alles hinter sich zu lassen. Er stellte sich Sommer vor, Hitze unter tiefblauem Himmel, und Aurelian neben sich in der Faber'schen Loggia, durch Strohhalme eiskalte Limonade saugend, und obwohl ohne kühlendes Nass in der Nähe der Hitze wegen dennoch nur in der Badehose. Vorstellungen, die, wie es sonst nur der Traum und das Kino vermögen, verschwimmend übergingen in Bilder eines gemeinsamen Nachmittags im Gemeindebad, und abends beim ›Oberen Engl‹, mit dem Rauschen des Fluders vor dem Fenster. Auch bei den Eltern würde Aurelian gern gesehen sein, nicht nur seines Geigenspiels vor den Gästen wegen, auch seine makellosen Manieren würden die Alten für ihn einnehmen. Hier nun setzte, wie in foppenden Träumen, knapp bevor die Phantasie besudelt wurde, die Zensur ein; nicht leichten Herzens, aber – anfangs – immer tapfer.

Er dachte sich Aurelian, wie er nach stundenlangem Üben erschöpft in ein einsames Bett stieg, jeglicher denkbaren Tröstung bedürftig, indes aus dem elterlichen Schlafzimmer am Ende des Flurs gedämpft der übliche Zank zu hören war. Zu hohe Ausgaben für den Haushalt, unsinniger Aufwand für das Geigenspiel oder sonst etwas, das dem Vater geeignet erschien, der Gattin das Einschlafen zu vergällen und sich damit dafür zu entschädigen, dass er hier und nicht bei der Geliebten ins Bett stieg.

Der arme Junge, dachte er, und von den Tröstungen, die er ihm angedeihen lassen wollte, hatte er auch konkrete Vorstellungen, die er freilich abermals nicht dem Tagebuch anvertraute, wo der tapfere Kampf gegen den sexuellen Unrat dokumentiert war, sondern auf den Sündenzetteln, die wegen ihres stimulierenden Inhalts, wie gesagt, oft erst nach Tagen den reinigenden Flammen übergeben wurden, wenn längst andere Phantasien zu Papier gebracht waren.

Sich des Jünglings, dessen tatsächliches Alter ihm unbekannt war, hilfreich anzunehmen, war letztlich nur moralischer Mummenschanz, Verkleidung seiner wahren Beweggründe, als da waren: Lucian auferstehen zu lassen und mit ihm die Excesse, die der Bursche seinerzeit duldend gewährt hatte. Je länger er freilich mit dem solcherart wieder gewonnenen Lucian eingebildete Unzucht trieb, umso mehr wandelte sich dieser Ersatz-Lucian zu einem eigenständigen Objekt des Begehrens. Denn in die Vorstellung vom Fähnrich in Krasnojarsk drängte sich ungebeten und mit wachsendem Nachdruck immer häufiger die Erscheinung jenes Lucian, den er im Juni vor der Milchtrinkhalle gesehen hatte, was die Lust an der Erinnerung beträchtlich minderte. Und er musste erstaunt, wenn nicht gar reichlich verwirrt feststellen, dass das Verlangen nach dem Jüngling in unerhörtem Maße zunahm, nachdem es von seinem Vorbild befreit worden war. Es galt nicht mehr Lucian in effigie zu besitzen, sondern Aurelian, der ganz neu war und unverschattet durch die Vergangenheit.

Auf dieser Suche nach der verlorenen Lust – die Begegnung mit Lucian im Juni hatte dazu gewaltig beigetragen –

driftete er gewissermaßen aus den mit sanftem Ruderschlag schiffbaren Gewässern sentimentaler Rückbesinnung in die rauhe See ganz gegenwärtiger und überdies geächteter Begierden.

An zügige Arbeit am großen Werk war nicht mehr zu denken. Die dicken Damen, mit denen er sich sonst den Blick aufs gleiche Geschlecht erfolgreich verstellte, waren, zu kümmerlichen Nebenfiguren abgemagert, weit und verschwommen in den Hintergrund des Blickfeldes abgeschoben, das Aurelian zusehends gänzlich ausfüllte. Beispielsweise damit, wie er abends, dem Betrachter den Rücken zeigend, in eine vom Personal bereitete Wanne stieg. Wenn er sich Aurelian so dachte, tauchten unvermeidlich auch die böhmischen Köchinnen auf – die Eltern hatten niemals andere –, die auf Wunsch des Knaben aus einem Klumpen Germteig im Weitling einen Hintern entstehen ließen, indem sie den Stiel des Kochlöffels durch die Masse in der Schüssel zwischen ihren Schenkeln zog, die dann für eine Weile links und rechts neben einer Kerbe zwei appetitliche Rundungen zeigte. Es schuf dieses Ritual, mit dem auf unerklärliche Weise auch jede neue Köchin vertraut war, und dem im Kopf des Kindes etwas wunderbar Verbotenes anhaftete, eine geheime Kumpanei zwischen dem Küchenpersonal und dem Sprössling der Herrschaft. Auch musste die Köchin – weil diese Hintern ja nicht lange hielten – den Vorgang mehrmals wiederholen, bevor sie mit dem Hinweis, sie müsse jetzt weitermachen, sonst gebe es nichts zu essen, die Vorstellung schließlich beendete und das Kind, den Kopf voller Germteig-Popos in sein Zimmer zurückkehrte. Hatte er sich in die Küche geschlichen und kein Germteig war in Arbeit, kehrte er mit einer fühlbaren inneren Leere in sein weißes Kinderzimmer zurück. Der Vater, hätte er davon gewusst, hätte es verboten.

Das Germteig-Ritual war, ihn attackierend, auch sofort aufgetaucht, als die Vetteln in der Adamsgasse auf Wunsch seines Kameraden ihre bleichen Hintern den Blicken der Schüler darboten. Augenblicklich hatte er den unerquicklichen Gegensatz gefühlt zwischen dem makellosen, zum Verzehr bestimmten Teig in der sauberen Schüssel und den fetten Wölbungen der Weiber, zwischen denen haarig dunkel dalag, woraus der Leib der Kloake übergibt, was dort hingehört, und das dennoch eine kaum zu tilgende Anziehungskraft ausübte. Er hatte den Ort, an dem seine fatale Neugier auf so unerfreuliche Weise befriedigt worden war, mit üblen Gefühlen verlassen und sich vorgenommen, ihn fortan zu meiden.

Was an diese Überlegungen geknüpft sich auf den Sündenzetteln fand, bleibt Vermutungen überlassen. Es darf aber getrost davon ausgegangen werden, dass diese Seiten des reinigenden, purgierenden Feuers besonders bedurften. ›Dies infernales‹ stand dann im Tagebuch, Genaueres sich auszumalen blieb den erhofften künftigen Lesern des Journals überlassen.

Und allderweil lauschte die Putz auf nächtliche Heimkehr des Herrn Dokta in Begleitung liederlicher Frauenzimmer.

Die Procedur

Wie dem Ausbruch eines Vulkans Rumoren in der Tiefe vorausgeht, mitsamt gelegentlichem Beben des Bodens, woraus die Geodynamiker – der alte Lebert etwa, wäre er noch am Leben gewesen – ihre stets nur vagen Vorhersagen sogen, so tauchte in seinen Träumen nun auf, was er wachen Sinnes nur in äußerster Bedrängnis durch den Trieb zu denken wagte.

Hatte er rund um den Jahreswechsel noch mehrmals beschwichtigend geträumt, die Decke wäre eingestürzt, weil die Säule verschwunden war, so wirkte sie und der ihre Verfügbarkeit so wenig verschleiernde Paravent nun gleichwie jene seifige Brühe, aus der mit Strohhalmen schillernde Seifenblasen gezaubert werden konnten. Vom Bett aus zu sehen, stand sie, wenn er Hand an sich legte, nicht nur ohne den Paravent und zweckhaft den Plafond oberhalb stützend da, sondern ergänzt um eine nackte Kreatur, die am Pfahl sich krümmte. Schön nicht unbedingt, aber anziehend, und die Exekution war auch die Strafe dafür, dass dieses Geschöpf Begehren weckte, das er sich nicht gestattete. Ob weiblich oder männlich war dabei gleichgültig, weil jener

Vorgang, den er, den wahren Sachverhalt entschärfend, ›die Procedur‹ nannte – was ja auch die Behandlung besudelter Wäsche mit Fleckentferner hätte bedeuten können –, keineswegs darauf ausgerichtet war, dem Objekt Pläsier zu bereiten, sondern ausschließlich ihm selbst.

Auch die Erinnerung an den im Holzschuppen des ›Sommerhofs‹ mit Kälberstrick an eine der uralten Stützen des Oberbodens gebundenen Lucian brach häufiger durch, als dies bisher der Fall gewesen war. Und selbstverständlich war an der Säule auch die Podhany auferstanden, jene lüsterne Dame, der er jahrelang verfallen gewesen war. Ungerufen stellten sich diese Hirnbilder immer wieder und peinigend ein. Wenn sie auftauchten, ließen sie sich eine Zeitlang verscheuchen, indem er nachgab und die Phantasie mit sexuellem Unrat besudelte, um der Befreiung willen, die danach sich einstellte; aber früher oder später (mit zunehmender Entbehrung letztlich immer früher) war der Punkt erreicht, an dem die Imagination versagte und die Gier erbarmungslos Faktizität forderte, umso mehr, als die Podhany keineswegs erotische Chimäre gewesen war, wie sie einer sich bald zusammenphantasiert, sondern eine Figur, die realiter hinter einem Schalter der Hauptpost saß, kraftvoll Erlagscheine und frankierte Briefe stempelnd und auch zu harten Worten fähig, wenn eines Petenten Art es an der erforderlichen Demut der Amtsperson gegenüber fehlen lassen sollte. Von ihr Geschurigelte mochten, bei entsprechender erotischer Tendenz, eine Domina in ihr erhoffen. Aber nichts da. Kaum ihrer Amtsgewalt ledig, am Weg nach Hause in die Krummgasse vom jungen Dichter aufgelauert, wandelte sie sich augenblicklich zur stillen Dulderin, derer er so sehr bedurfte.

Er kannte den Weg der Podhany vom Postamte nach Hause und er wusste, wann ihr Arbeitstag endete, sodass er, stets Zufall heuchelnd, ihr auflauern konnte und regelmäßig mit dem Begehrten belohnt wurde. Keine andere verstand es wie diese zutiefst biedere, funsenhafte Person, den Schein des Paradieses, in das sie leidend einzugehen im Begriffe stand, in ihrem Postlerinnengesicht zu verklärter Vollendung zu bringen. Ihre Brüste, die üppiger waren als unter der unsäglich erbsgrün und braun gestreiften Bluse zu vermuten, hob sie verklärten Blicks dem Peitschchen entgegen, und es war bei alldem nicht zu übersehen, dass sich hier zwei gefunden hatten. Dass sie sich jemals der Illusion hingegeben hätte, von ihm geliebt zu werden, schloss er aus, woraus die Conclusio entsprang, dass ihr gefiel, was er, so desinteressiert an ihr, mit ihr anstellte.

Desohngeachtet blieb sie abseits der Minuten gepeinigter Entrückung durchaus den praktischen Aspekten des Lebens zugetan. Und wenn sie von ihm auch niemals Geld gefordert hatte, so verstand sie es doch, ihn zu Leistungen zu nötigen, die er ungern erbrachte, wie etwa einen Heurigenbesuch ante flagellationem. Dies wegen ihrer Gewöhnlichkeit, die ihm peinlich war, die sie aber auf wundersame Weise am Pfahle abstreifte. Hatte sie ihn wieder einmal in eine Buschenschank in Grinzing oder Sievering verschleppt, plagten ihn obsessiv Gedanken, wie die übrigen Gäste sich ihn und sie in fleischlichem Ringen vorstellten, und nur die Aussicht auf die nach dem Ausflug fällige executio ließ ihn solche Sitzungen bürgerlicher Gemütlichkeit ertragen. Sie war eine zweckdienliche Person, nichts weiter, dezent abseits von Prostitution, deren Gefilde übrigens nichts Brauchbares bereit hielten. Er hatte es ja auch mit Huren versucht, aber deren routinierte Gleichgültigkeit, mit der sie sich unter den sanften Hieben seines Peitschchens krümmten und wimmerten und dann dafür in seinen Augen unverschämt viel Schandlohn forderten, ließen ihn, den ständig ungeheurer Dalles plagte, bald davon ablassen. Die Podhany erwies sich solcherart als Glücksfall.

Einmal hatte auch die Gattin sich dazu hergegeben, aber wenngleich sie es zu verbergen trachtete, so war ihr dennoch anzumerken gewesen, wie wenig ernst sie die Sache nahm. Es war wie geheucheltes Interesse an Marotten des Gatten, der vielleicht Schmetterlinge sammelte, die ihr recht gleichgültig waren, oder ebenso uninteressante Bierdeckel. Deshalb gab es keine zweite von ihm im Tagebuch so genannte ›mart ex‹ mit ihr.

Anders als die Podhany, der die Sache durchaus Vergnügen bereitete, wenn auch gänzlich separiert von jenem ihres eingebildeten Folterknechts, war die Gattin klug genug, um zu wissen, dass sie von der Sache ausgeschlossen war und es, wie vielfach auch sonst, nur darum ging, dass er seinen Willen hatte und sein Vergnügen. Das mochte in Männerhirnen als recht und richtig gelten, für sie, der die Rolle der sich unterordnenden Frau nicht lag, aber nicht. Den herrschenden gesellschaftlichen Rahmen empfand sie wie eine Model, in die sie sich nicht wie Lebkuchenteig pressen lassen wollte, wie einfache, ungebildete Geschlechtsgenossinnen es taten, die als gottgegeben hinnahmen, was Männer ihnen zumuteten. In geborgener Unterordnung zu leben, wohlversorgt und haustierartig, war ihrer Intelligenz zuwider und mithin ihre Sache nicht; und dies war auch eine der Hauptursachen für das ›separat gemeldet‹.

Für ihn war diese singuläre Procedur zu ›persönlich‹ ausgefallen, hintnach plagten ihn Gewissensbisse und er empfand sich als Zumutung für die Gattin. Die Trennung, die räumliche, sagte er sich, war ausschließlich in ihrem Interesse geschehen. Sie sollte Ruhe vor ihm haben. Die Ruhe, die sich solcherart auch für ihn ergab, nahm er gewissermaßen als Nebeneffekt seiner Sorge um sie hin. Und als ultima ratio stand ihm jederzeit die Scheidung vor Augen. Nur gab es freilich Niederlagen, wie jene, als er sie bei gemeinsamen Bekannten angetroffen und danach, weil die Schwiegereltern verreist waren, eine leidenschaftliche Nacht mit ihr verbrachte. Wo aber andere es als ganz selbstverständlich erachtet haben mochten, mit der angetrauten Ehefrau zu schlafen, empfand er es bloß als gewissenloses Ausnutzen einer Situation, die ihm (so sah er das) eine Pirsch im ›Landtmann‹ oder dem ›Victoria‹ erspart hatte. Gelegenheit macht Diebe. Es war schuftig in hohem Grade.

Nun aber war Lucian wiedergeboren worden als Aurelian, und die Reinkarnation hatte sogleich Begehren geweckt in einem Maße, wie es nach so lang andauernder Unterdrückung nicht verwunderlich war. Als Schatten über den Vorstellungen lag freilich die Ungewissheit, ob der Geigenschüler dafür auch zu haben sein würde. Denn selbst wenn der Bursche erotischem Austausch von Mann zu Mann nicht abgeneigt sein sollte – was er innigst wünschte und wovon er in seinen Einbildungen bedenkenlos ausging –, blieb doch völlig offen, ob er auch geneigt sein würde, die Rolle des gepeitschten Märtyrers zu übernehmen. Kurzum, die Zahl der Sündenzettel nahm ein weiteres Mal bemerkenswert zu, und wäre nicht Winter gewesen, er hätte Schwierigkeiten gehabt, reinigende Flammen dafür zu finden.

Die Säule stand da, die erforderlichen Requisiten ruhten unter dem doppelten Boden seines Koffers ihrer nächsten Anwendung entgegen und er fühlte sich gefangen in seiner Gier – Romantiker hätten ›seinem Sehnen‹ geschrieben – nach körperlichem Besitz Aurelians; danach, sich den nach dem Vorbild Lucians gedachten Leib dienstbar zu machen. Doch diesem – nennen wir es mit den Romantikern mildernd – ›Sehnen‹ stand die Einsicht entgegen, dass es schwer oder gar unmöglich sein würde. Ersteres stellte keinen Grund dar, vom Vorhaben abzulassen, letzteres wollte gar nicht deutlich gedacht sein.

Die übliche Vorgangsweise, wie sie in den Cafés immer wieder erfolgreich praktiziert wurde, war hier nicht anwendbar. Anders als in den Kaffeehäusern, wo die Zeitungen ständiges Cirkulieren der Gäste und das Transportieren von auf Zetteln geschriebenen unsittlichen Botschaften erlaubte, waren beim Holzer keine Zeitungen vorhanden, und die Frage nach der Uhrzeit, die der Kellner jederzeit gerne beantwortet hätte, rechtfertigte keine Wanderung durchs Lokal. Auch »Sie spielen Geige, ich habe Cello gelernt«, hinge, sieht man vom Geigenkasten auf der Hutablage ab, ohne viel Apropos völlig in der Luft, und der Zweck, dem derlei dümmliche Annäherung dienen sollte, lag allzu deutlich zutage. Blieb die unerlaubte Hoffnung, Herrn Holzers Speisesaal möchte eines Tages so voll sein, dass der Bursche um einen Platz an seinem Tische ersuchen müsste; eine zugleich vielversprechende wie auch erschreckende Vorstellung, denn bis zu dem Moment, da er sich seinem ›Sehnen‹ bedingungslos ausliefern würde, war noch eine Weile hin. Die tapfere Ablehnung des sexuellen Unrats, der sich in seinen Phantasien um die Figur des Geigers mittlerweile häufte, war nicht mehr übermächtig wie anfangs. Es hatte sich neuerdings ein Equilibrium zwischen Ablehnung und ›Sehnen‹ eingestellt, und als Stütze der solcherart schwächelnden Tugend stand dem Vollzug des Unerlaubten gottlob die Präsenz der Zimmerwirtin entgegen, die, von den Lauten der Lust gewiss vor die Tür gelockt, anderntags eine Kündigung aussprechen würde.

Die Einsicht, dass eine Ansiedlung der aus Erfahrung genährten Imagination in der Wirklichkeit nicht gelingen würde, ließ die Befleckung seiner Phantasie in einem Maße zunehmen, zu der er sich – sieht man von der Podhany und all dem mit ihr Verbundenen ab – nicht fähig gedacht hatte; ohne aber darunter, und das war bemerkenswert, besonders zu leiden, wie es sonst seine Angewohnheit gewesen war.

Im Dienste seiner schwülstigen Phantasmagorien manipulierte er die Wirklichkeit, indem er den Paravent, der die Säule bisher keusch umstellte hatte, entfernte und zusammengeklappt zwischen Schrank und Wand verschwinden ließ, sodass die Säule nun sittenlos deutlich in Erwartung eines Opfers dastand, ja ein solches förmlich einforderte. Alle henidäre Gaukelei war deftiger Wirklichkeit gewichen, einer gedachten Wirklichkeit zwar nur, aber keine Rede mehr von verschwommenem Vorbewusstsein. Auch kam es vor, dass er sich den Koffer vom Schrank herab griff, ihn öffnete wie ein Tabernakel, den doppelten Boden hob und Peitschchen wie Seil in die Hand nahm, ihre jeweilige Anwendung deutlicher vor Augen als beim Füllen der Sündenzettel mit den geplanten Excessen.

Ähnliches hatte er in seinem ersten Roman zu Papier gebracht, den Vorgang nämlich, wie sich unterdrückte Wünsche, von Reizen der Umgebung genährt, durch eine Bresche im Wall der Selbstzensur brechend, Verwirklichung schaffen. Anders aber als beim Helden seines Romans, den Bilder von Peinigungen heiligmäßiger, entblößter Frauen, das Knallen der Peitsche in einer Pferdenummer im Circus und die Ausdünstung der Tiere in der Manege sozusagen animalisierten, drohte vom Duft des Gulasch oder des Beuschels beim Holzer keine Verwilderung des zivilisierten Ich.

Der Unfall

Am Sonntag, dem Achtzehnten des neuen Monats Jänner, hörte er, in der Küche Kaffee aufgießend, ein dumpfes Geräusch, so, wie etwas Schweres zu Boden fällt. Zunächst meinte er, der bedrohliche Philodendron (botanisch treffend: Monstera) im Zimmer der Faber sei vom immer schon labilen Blumengestell gestürzt, was beim Wissen um das hirnlose Ausgreifen der Pflanze in alle Richtungen nahe lag. Dann aber, er stand noch immer vor der Karlsbader Kaffeemaschine, um heißes Wasser nachzugießen, vernahm er matte Hilferufe. Er goss die letzte Menge heißen Wassers in die Karlsbader und ging dann zur Salontür, klopfte höflich – wie es vereinbart gewesen war – und als von drinnen erneut »Hilfe! Hilfe!« zu hören war, betrat er den Salon und fand seine Zimmerwirtin am Boden liegen, und mit von Schmerz verzerrtem Gesicht hielt sie ihm die Arme entgegen, wie die Podhany es bei ›mart ex‹ um Gnade wimmernd getan hatte, diesfalls aber »alles gebrochen!« jammernd.

Ohne sich auf eine unfachmännische Untersuchung der Verletzten einzulassen, eilte er zum Telephon und verständigte die Rettungsgesellschaft, die nach zwanzig Minuten –

eine Ewigkeit für die Faber, deren Hände und Unterarme bereits zu unförmiger Masse angeschwollen waren – endlich eintraf. Während er bei ihr auf die Sanitäter wartete, erfuhr er, wie es zu den üblen Brüchen gekommen war. Auf der Suche nach einem Buch in einer der obersten Reihen des Regals war sie auf den kleinen Fauteuil gestiegen, der neben der Leselampe stand und der dort seiner Aufgabe bestens gerecht wurde. Mit der Faber, die darauf stand und sich vorbeugend am Regal abstützte, rollte das auf Rädern ruhende Möbel aber von der Wand weg und die Faber stürzte vornüber zu Boden, wobei sie den Fall mit beiden Händen abzustützen suchte, was freilich nicht gelingen konnte, sodass sie nun unentwegt leise wimmernd mit vermutlich vielen gebrochenen Knochen dalag.

Die Maßnahmen der Sanitäter wirkten brutal wie immer – er wusste es aus dem Felde –, es war jedoch unumgänglich, beide Unterarme für den Transport zu schienen, und über dieser Procedur fiel die Verletzte in eine Ohnmacht, sodass die Hoffnung der Männer, sie könnte selbst zum Rettungswagen hinab steigen, dahin war und sie schließlich auf eine Bahre geschnallt nach unten getragen und in das Automobil geladen wurde, das gleich darauf ohne Alarmzeichen davon fuhr.

Das Vorfahren eines Wagens der Rettungsgesellschaft vor einem Hause ist gewissermaßen die Vorspeis' bevorstehender Schaulust, denn nichts unterhält den Wiener mehr als das Unglück anderer Leute, an dem schauend teilzuhaben auch immer Vorrang hat vor anderen Beschäftigungen.

Die Putz war schneekehrend schon am Trottoir, die Enn verließ Milchwannen und Kundschaft, die sich ihr unverzüglich anschloss, und auch der Dr. tech vom ersten Stock, ein Akademiker, von dem derartiges Verhalten nicht erwartet worden wäre, hielt am Weg ins Amt vor dem Haustor inne, um zu erfahren, was vor sich ging.

Noch war unbekannt, wen es getroffen hatte, und so konnte sich das Häuflein Anteilnehmender aus dem Hause, das mittlerweile durch Passanten angewachsen war, in Vermutungen darüber ergehen, wo und auf welche Art das unerbittliche Schicksal zugeschlagen hatte. Zunächst war auf den Maler Pelzl unter dem Dach getippt worden, der für einen Schlaganfall – »ein Schlagl«, wie die Enn sagte – alt genug wäre, oder die an Jahren ähnlich reife Klavierlehrerin. Für Verwunderung hatte zunächst gesorgt, dass die Sanitäter ohne Tragbahre ins Haus gegangen waren, die nicht eingestandene Hoffnung auf Tragik wurde aber sofort wieder belebt, als dann die Bahre aus dem Fahrzeug doch ins Haus geholt worden war.

Ein Weilchen hatten sich die Anteilnehmenden auf dem Gehsteig noch zu gedulden, denn, wie der Techniker aus der vergehenden Zeit richtig deutete, musste das Schicksal im zweiten Stock oder unter dem Dach zugeschlagen und also doch den greisen Künstler oder die Klavierlehrerin getroffen haben. Als schließlich sichtbar wurde, dass es die Faber war, die da herausgetragen wurde auf der Bahre, verlagerten sich die Erörterungen vom Wo und Wer aufs Warum und ob sie sich das selbst zuzuschreiben hatte (richtig in ihrem Fall) und ob ein derartiger Wink des Himmels als Strafe für einen gewissen Lebenswandel gesehen werden konnte, wie die Putz, auf ihren Besen gestützt, vehement argumentierte.

Der Kaffee jedenfalls war dahin, er hatte über den Hilferufen zuviel Wasser aufgegossen und schweren Herzens übergab er die Brühe der Abwasch.

Die Faber, so wurde er später telephonisch informiert, war – mit zwei Händen in Gips unfähig zu den erforderlichen Verrichtungen des Alltags – zu ihrer Mutter nach Korneuburg gebracht worden, und die Alte – Dame mochte er sie nicht nennen – tauchte am folgenden Tag auf, um Kleidung und Waschzeug für die Tochter zu holen, und hinterließ, als Fluch sozusagen, die Mahnung an den Untermieter, sich nun ohne Aufsicht nicht erotischen Exzessen hinzugeben.

Der, weil er es zunächst ohnehin nicht vorgehabt, sondern diese Wintertage der Arbeit am großen Werk zu widmen sich vorgenommen hatte, empfand dies als unangebrachte Einmischung, ja, als geradezu impertinent. Der Alten gegenüber zeigte er jedoch Gelassenheit, bezog nicht Stellung zu ihrem Verdacht und entwaffnete die Argwöhnische gar noch damit, dass er sich erbötig machte, den Koffer für sie die zwei Stockwerke hinunter zum warteten Taxi zu bringen, das vom Standplatz herbei telephoniert worden war.

Wieder in der Wohnung, vermeinte er tatsächlich, sich anders zu fühlen, herausgetreten aus der Rolle des Untermieters und nun Herr über alle Räumlichkeiten, wobei der

Gedanke an das Temporäre der Lage, das unausweichliche Enden dieser Unumschränktheit in den Hintergrund gedrängt blieb.

Sich ungestörter zu fühlen als gewöhnlich, war kaum möglich, denn die Faber war von allen seinen Quartiergebern die mit großem Abstand rücksichtsvollste. Was sie mit ihm allenfalls zu bereden hatte, beredete sie mit ihm, wenn er sich in der Küche aufhielt, und an seine Türe klopfte sie nur, wenn ein Anruf für ihn gekommen war. Solcherart war im Grunde alles wie immer, mit dem kleinen Unterschied, dass er nun selbst zum Telephon ins Vorzimmer gehen musste, wenn es läutete, und allenfalls Auskunft geben, dass Frau Faber nun unter jener Nummer zu erreichen war, die von der Alten beim Apparat hinterlassen worden war.

Das bedeutete aber auch, dass die Wand, an der das Bett stand, nun empfindlich abkühlen würde, da das Zimmer der Faber nebenan ungeheizt verwaist dalag. Anderseits bedeutete es auch einen Zugewinn an Freiheit, nicht nur, was beispielsweise das Verlassen des Zimmers im Pyjama betraf, sondern auch im Hinblick auf abendliche Besuche. Sogar angetrunken zu lärmen würde niemanden stören, grobe Tumulte würden allenfalls von den benachbarten Parteien wahrgenommen werden, unterhalb; oberhalb nicht, denn da wohnte Pelzl, der taub war und der Berücksichtigung mithin nicht wert. All das jedoch dachte er nur konjunktivisch, denn er hielt sich mit realen Zerstreuungen auch weiterhin keusch zurück und meinte sich auch unter den von Aurelian erschwerten Bedingungen nur seiner Arbeit verpflichtet, in der Hoffnung, so zu ausreichend Geld zu kommen, um sich den schönsten Hintern der Welt leisten zu können, wie er seinen keuschen Fleiß im Journal begründete.

Am zweiten Tag nach ihrem Abgang meldete sich die Faber telephonisch selbst mit dem Ersuchen, die Topfpflanzen im Salon zu gießen, mäßig und stets mit abgestandenem Wasser, und – was mühsamer zu werden versprach – den Ofen dort zu heizen, sollten tiefere Temperaturen eintreten. Ermahnungen wegen eventueller Zügellosigkeit seinerseits blieben ihrerseits aus, und die Prognose, sie werde wohl mindestens vier Wochen auf die Hilfe ihrer Mutter angewiesen sein, dünkte ihn durchaus dazu angetan, dem Zustand etwas abzugewinnen. Er hatte – nun unerwartet begünstigt von der Einsamkeit – immer noch vor, sich ganz dem Werk hinzugeben, wobei er nicht ›hinzugeben‹ dachte, sondern schlicht ›sich widmen‹, warum auch immer.

Es wäre in dieser beglückten, von Weingärten durchzogenen Gegend nicht nötig gewesen, gegen die Fülle der Vegetation ringsum mit einer unbeholfenen Ersatznatur im Zimmer anzutreten und notwendig zu unterliegen. Die Faber hätte vom Haustor weg nur wenige Schritte in prangendes Grün gehabt, aber offenbar – er hatte sie nie spazieren sehen (kein Wunder im November) – zog sie der wahren Natur den dilettantischen Urwald in ihrem Salon vor, den nun er zu betreuen hatte.

Das ging drei Tage so dahin. Den Dschungel im Salon

mit abgestandenem Wasser zu versorgen erforderte wenig Aufwand, aber die herrschenden grimmigen Temperaturen machten das Heizen dort erforderlich, obwohl die Wohnung klimatisch nicht nur dadurch begünstigt war, dass der Ingenieur unterhalb wie auch der Realschulprofessor nebenan dazu neigten, ihre Räume kräftig zu überheizen, woraus auch sein Quartier wohlig Gewinn zog. Ein rarer Luxus in diesen wirtschaftlich so trüben Zeiten, aber die beiden konnten es sich offenbar leisten.

›Primum scribere. Deinde vivere‹ mahnte unverwandt der Zettel von der Wand über dem Schreibtisch her Arbeitsmoral ein, und auch das Wetter war ganz danach, sich im Zimmer zu vergraben. Nun aber, da das durchaus Unbeabsichtigte angesprochen worden war, begann, tief wurzelnden magischen Mechanismen folgend, der Fluch der Faber-Mutter, Wirkung zu zeigen. Er selbst – in pseudologischer Egozentrik verfangen – belog sich damit, dass er niemals auf derartige Ideen gekommen wäre, räumte aber ein, dass der Verdacht der Alten, unvoreingenommen betrachtet, so abwegig nicht war, ja, im Grunde genau das, was jedem anderen zu dieser Situation auch eingefallen wäre.

In den Keller

Als das Heizmaterial aufgebraucht war, das im Vorzimmer hinter einem Vorhang in Kübeln lagerte, hatte er in den Keller hinab zu steigen, wo hinter roher Brettertür und mit einem bresthaften Vorhängeschloss unzulänglich gesichert Frau Fabers Holz- und Kohlevorrat aufgehäuft war.

Heizmaterial zu schleppen war er gewohnt, denn für die Fütterung seines Ofens hatte er selbst Sorge zu tragen; so sah der Untermietvertrag das vor. Wobei ihm kein Platz im Keller zur Verfügung stand, der die Einlagerung größerer Vorräte ermöglicht hätte, sondern nur eine Kiste im Vorzimmer, ebenfalls hinter dem erwähnten Vorhang. Dieses wenig geräumige Behältnis füllte er mit Holz und Kohle, die er ums Eck in der Zehenthofgasse Zehn bei Feuerstein kaufte und hundertzwanzig Schritte heimtrug. Die Kohlenhandlung lag tief im Keller jenem vornehmen Hause gegenüber, in dem der Tutti-Philharmoniker Fiedler seinen Aurelian unterrichtete.

Das Licht der staubtrüben Glühbirne im Kellergang reichte gerade so weit ins Abteil, dass er die Schaufel erkannte, die zum Befüllen der beiden Kübel bereit lag. Modrig roch es und nach dem Kohlestaub, den er beim Einschaufeln aufrührte. Ein finsterer Ort, der ihm – während er mit den beiden Kübeln gleichmäßig belastet in den zweiten Stock stieg – zunächst nur schwach keimende Erinnerungen an eine Fahrt durch die Grottenbahn in der Kindheit nachschickte, die aber dann, als er bei Kaffee und Zigarette im Zimmer saß, sich voll entfalteten.

An die ›Wolfsschlucht‹ aus Webers ›Freischütz‹ erinnerte er sich, auch an den eisblau kalten ›Nordpol‹ und den ›Golf von Neapel‹, hinter dem der Vesuv rauchte. Am deutlichsten von allen Szenerien, vor denen der Lindwurm die rumpelnden Wägelchen jeweils kurz halten ließ, stand ihm jedoch der ›Meeresgrund‹ vor Augen: Hinter blaugrün getöntem Glas, als wäre das Tableau tatsächlich ein Aquarium, schwebten zwischen Felsen aus Pappmaché farbig leuchtende Quallen an elektrischen Drähten auf und ab, indes am sandigen Grund ein Taucher mit einem Messer mechanisch gleichgültig auf einen vielarmigen Kraken einstach, ohne ihn zu besiegen oder besiegt zu werden, bis im verlöschenden Licht die Illusion verschwand und der Drache weiter kroch zur nächsten Verzauberung.

Das Bild stand hartnäckig da, als hätte es sich an seinen Augäpfeln festgesaugt wie die Krakenarme am Helm des Tauchers; und obwohl endlich durch das Läuten des Telephons verscheucht (Wer war's? Die Mutter war's!), kehrte der ›Meeresgrund‹ nachts im Traum wieder, darin er selbst der Taucher war und – zutiefst verängstigt ob der Übermacht der Tentakel – mit einem lächerlich kleinen Hirschfänger, wie er als Kind einen besessen hatte, auf die Fangarme des Ungeheuers einstach und einen sogar abtrennte, an dem sich jedoch, den Schrecken ins Unermessliche steigernd, sofort ein neuer Krake bildete, sodass nur schweißgebadetes Erwachen ihn davor bewahrte, ein Opfer der Monster zu werden. Der Morgen war versaut.

Es war mühsam. Vom stillen, arbeitsamen Winter, wie er sich vorgenommen hatte, konnte nicht mehr die Rede sein. Die herrschenden Temperaturen zwangen ihn fast täglich in den Kohlenkeller hinab, denn das Ersuchen der Faber zu ignorieren und ihren Urwald verkommen zu lassen, hätte bei ihrer Rückkehr vermutlich die Kündigung bedeutet; dazu aber war ihm das Quartier mit seiner Nähe zum Holzer doch zu angenehm.

Solcherart häufiger im Stiegenhause unterwegs als sonst in eigenen Angelegenheiten, begegneten ihm nun öfter andere Hausbewohner, und hatten sie sonst einfach gegrüßt, erkundigten sie sich nun nach dem Befinden seiner Zimmerwirtin, über das er – wie er immer wieder betonen musste – freilich keinerlei Kenntnis besaß. Immer wieder wurde er auch gefragt, wann Frau Faber denn zurück sein würde, und egal, wer da fragte, es war – besonders bei der säuerlichen Enn und der Putz – nicht zu überhören, dass es hier weniger ums Wohl der Faber ging als vielmehr darum, wann endlich wieder ›ordentliche Verhältnisse‹ herrschen würden. Denn obwohl weder die im Stiegenhaus werkende Putz noch die Enn oder sonst eine Partei jemals etwas als unordentlich Deutbares wahrnehmen hatten können, war der Verdacht dennoch vorhanden. Weil leider selbst der tadelloseste Lebenswandel keineswegs notwendig zu Bewunderung und Lob führt, sondern, aus den jeweils eigenen Sümpfen schöpfend, zu ungläubigem Argwohn, wird nicht selten, wo kein Anlass sich bietet, ein solcher erfunden. Naturgemäß, mochte man sagen, wie ja auch die Mutter der Faber sofort Unstatthaftes hatte herandräuen sehen.

Toleranter war die klavierspielende Dichterin, die sich offenbar selbst dem zuzählte, was sie ›die Bohème‹ nannte, und die vermutlich auch mäßige Exzesse des ›Herrn Kollegen‹ duldend beschwiegen hätte.

Auch die Witterung setzte ihm zu. Die fingerlosen Handschuhe, Stiezerln genannt, wie er sie auch in Sibirien benutzt hatte, halfen ein wenig beim Führen der Feder, und wenn doppelter Pullover und flanellener Morgenmantel auch klumpig machten, so reichten diese Einschränkungen nicht aus, ihn ins gut geheizte Café am Saarplatz zu scheuchen, um dort zu schreiben. Derlei war ihm zuwider, nicht wegen des Grundgesumms, das solchen Lokalen eigentümlich ist und notfalls als beruhigender Generalbass hätte durchgehen können, sondern wegen des ständigen Klack-Klack der Billardkugeln, die im seitlichen, der Silbergasse zugewandten Raum an drei Tischen über den grünen Filz gestoßen wurden und fruchtbare Versammlung von Gedanken konterkarierten.

Freilich wäre es möglich gewesen, einen Zimmerbrand riskierend, den Ofen zur Rotglut zu mästen, allein die Kosten dafür war er nicht hinzunehmen bereit, und es wäre dies auch mit vermehrten Gängen auf oft beschneiten Gehsteigen zu Herrn Feuerstein und entsprechend häufigerem Schleppen verbunden gewesen.

Sich an den Vorräten der Faber zu bedienen, war ihm durch den Kopf gegangen, denn, so sagte er sich, maßlos glücklich darüber, wieder in den eigenen vier Wänden sein zu dürfen, wäre ihr der Schwund gewiss nicht aufgefallen; und wenn, so hätte er sich auf übermäßigen Aufwand für die Temperierung des Dschungels ausreden können. Nur einmal vergriff er sich quasi an den Kübeln der Faber, weil der eigene Vorrat achtlos aufgebraucht und die Kohlengrube des Herrn Feuerstein geschlossen war. Doch was aus dem fremden Kübel in den eigenen Ofen gekippt worden war, wurde anderntags nach einem zweiten Gang in die Zehenthofgasse gewissenhaft ersetzt.

Tief innen trübte wie Hauch auf Brillen die Problematik der Heizung überdies seine Vorstellung von der Besitzergreifung Aurelians, aber eben nur flüchtig, wie auch des Hauches Schleier am Glase rasch wieder verschwindet. Die süchtige Vorstellung, Aurelian zu besitzen, war letztlich immun gegen praktische Bedenken, die ihm die Unmöglichkeit einer ›mart ex‹ unter diesen winterlichen Bedingungen und das doch recht coupierte Vergnügen einer Paarung unter schwerer Daunenlast vor Augen hätte führen können.

Im Fadenkreuz

Der Abtransport der Faber durch die Rettungsgesellschaft und ihr darauf folgendes Exil in Korneuburg bedeutete nicht nur für den nun nicht mehr ganz so arbeitsamen Dichter einen Einschnitt im beschaulich winterlichen Dasein, das allein dem großen Werk gewidmet sein sollte. Denn wenn die Faber auch erst im Vorjahr zugezogen und damit nicht Teil der Hausgemeinschaft, die von der Not des Krieges und den Hungerjahren danach zusammengeschweißt worden war, so bedeutete ihre Abwesenheit dennoch eine Störung des empfindlichen Gleichgewichts der Meinungen und Zustände im Haus, worüber die Putz wachte.

Liebe, dieses romantische Gefühl, wie sie es in Fortsetzungsromanen hätte kennenlernen können, hätte sie welche gelesen, Liebe, sagte sie sich, konnte es nicht sein, was Zimmerfrau und Zimmerherrn verband. Als viel wahrscheinlicher erachtete sie eine Art zweckdienlicher Kumpanei zwischen dem Herrn Dokta und der Privatbeamtin, die unter den derzeit gegebenen Umständen ihrem Zweck freilich nicht mehr dienen konnte, weswegen der Herr Dokta nun auf Ersatz angwiesen sein würde, sodass gesteigerte Aufmerksamkeit beim Überwachen des Haustors gefordert war.

Und auch davon, welcherlei Gestalt dieser Ersatz sein würde, hatte die Putz eine sehr präzise Vorstellung. Dass ein Herr Dokta, dem der Neumann nicht entsprach und der auch die Greisslerei der Loiskandls als unter seiner Würde mied, wohl kaum mit irgendwelchen inferioren Weibern antanzen würde, fiel ihr freilich nicht ein. Und so lauerte sie denn.

Auch was das bisher stets gescheiterte Vordringen in die Wohnung der Faber anging, witterte die Putz Morgenluft, wie man so sagt. Nun, da die Hauptmieterin nicht da war, würde sie den Zins beim Untermieter eintreiben, dem die Faber den Betrag gewiss zurück gelassen hatte, und an ihm vorbei sollte es gelingen, wenigstens ins Vorzimmer zu gelangen. Allein sie irrte. Am letzten Jänner, einem Samstag, läutete es an der Tür der Hausmeisterei, und zwar dringlich (manche Menschen verstehen es, dringlich, wenn nicht gar aufdringlich zu läuten), und die Putz sah sich der Mutter Faber gegenüber, die, ebenso dringlich wie sie geläutet hatte, den Zinszettel der Tochter forderte (es war ja Verteiltag) und der Putz dann den bereits abgezählten Betrag in einem Kuvert übergab.

Auch der letzte Versuch der solcherart überrannten Hausmeisterin, doch noch in die Wohnung der Faber zu kommen, scheiterte kläglich, denn ihren Hinweis, die Miete wäre doch erst am Ersten fällig und sie würde das Geld dann morgen beim Herrn Dokta einheben, quittierte die resche Faber mit einem schlichten »Ja, Sie mich auch!« und ging, die Putz, die das gar nicht gewohnt war, kurz sprachlos zurücklassend, bevor sie sich mit einem lauten »Trampel!« dann doch das letzte Wort sichern konnte.

Es war dies ein eher nur formaler Sieg über die impertinente Person, denn Seelenfrieden ward der Putz auch aus diesem »Trampel!« nicht gediehen. Ihre Verbitterung, was die Tür Nummer Elf, eben jene der Faber, anging, wuchs weiter und begreiflicherweise erstreckte sich dieser Unmut in Ermangelung der Hauptmieterin jetzt auf den Untermieter.

Was Männer anging, war die Putz von tiefem Misstrauen erfüllt, obwohl sie nicht wirklich Grund zu klagen hatte, denn der Gatte war nur selten ›illuminiert‹, wie sie das nannte, und wenn, dann prügelte er sie nicht, wie das sonst gang und gäbe war, sondern belästigte sie mit weinerlichem Betteln nach Fleischeslust, was sie aber schon vor langer Zeit abzustellen beschlossen hatte. »Es reicht!«, war ihre Begründung gewesen, und so wenig das dem Ehgelöbnis entsprach, das Duldsamkeit auch in schlechten Zeiten fordert, so wenig war dagegen zu argumentieren. So blieb der zurückgewiesene Mann auf Abwege angewiesen, die sie hämisch verachtete, ohne freilich die geringste Kenntnis davon zu haben. Für sich selbst hielt sie, ähnlich knapp wie jenes dem Gatten entgegen geschleuderte »Es reicht!«, ein »Wozu noch?« bereit. Kinderlos geblieben, und nun wohl auch gar nicht mehr in der Lage, nicht nur die räumliche Beschränktheit in der Hausmeisterei durch Nachwuchs weiter einzuengen, verweigerte sie dem Gatten einfach, was ihm rechtens zustand. So geht's.

Aus diesem mürrischen Verzicht erwuchs begreiflicherweise kein abgeklärter Seelenfrieden, sondern eine tückische Neigung, sich in die diesbezüglichen Gepflogenheiten anderer deutend und deutelnd einzumengen. So ward üble Laune des Milchfahrers Enn für die Putz zur Folge verweigerten Eheglücks, und war der Ing. Dr. tech. Dederle aus dem ersten Stock besonders gut aufgelegt und im Stiegenhaus zu herzlichem Gruße bereit, so lag das für sie daran, dass er auf dem Weg zu seiner Konkubine war (das Wort hatte sie einmal irgendwo aufgeschnappt), und ähnlich verfuhr sie auch bei den übrigen Parteien. Nur bei der dichtenden Klavierlehrerin, diesem ewigen Fräulein, tat sie sich schwer mit Unterstellungen auf dem erotischen Terrain. Die Faber aber und ihre Untermieter boten reichlich Gelegenheit zu moralischer Entrüstung, und zwar aufgrund eines Paradoxons, nämlich der Erkenntnis, dass sie keine Herrenbesuche empfing und er keine Damen. Denn obwohl es schwer war, genau genommen sogar unmöglich, dem spähenden Auge der Putz hinter den Scheiben der Tür zur Hausmeisterei zu entgehen, waren sehr zu deren Leidwesen noch nie fragwürdige Besucher der Faber oder ihrer Untermieter festgestellt worden.

Nun mag einer einwenden, dass allein das Passieren der Hausmeisterei eine Zuordnung der Fremden zu einer bestimmten Partei im Haus nicht zuließ. Für Ungeschulte mag das zutreffen, die Putz hatte aber in den bald fünfzehn Jahren, die sie hier waltete, ein feines Ohr dafür entwickelt, in welchem Stockwerk sich welche Wohnungstür für einen Unbekannten öffnete und ins Schloss fiel, denn vor allem am Klang der sich schließenden Türen war eine zweifelsfreie Zuordnung möglich. Die Putz musste dazu nur aus der Hausmeisterei auf den Gang treten und warten, bis der Besucher oder (im Falle des Untermieters der Faber) die vermutete Besucherin ihr Ziel erreicht hatte. Bei Leuten, die öfter kamen und deren Ziel im Hause bekannt war, unterblieb dieses reflexartige Herausfahren aus der Hausmeisterei, deren Tür dann offen stehen blieb, sodass der hausmeisterliche Odor ins Stiegenhaus dringen konnte und so gewissermaßen Zeugnis ablegte von der Allgegenwart der Anna Putz, die im Falle der Faber sich freilich nicht bewährt hatte.

Wohlig eingerichtet im soliden Gehäuse ihrer Dummheit, war die Putz gegen unbequeme Wahrheiten bestens gerüstet. Und wo sie von Tatsachen bedrängt wurde, die eine Revision ihrer Ansichten erfordert hätten, sagte sie »Wer weiß, ob's wahr ist«, und selbst gegen den Wahrheitsbeweis war sie gewappnet: »Und wenn's wahr ist, ich glaub's nicht!« So auch im Falle der Grete Faber und ihrer Zimmerherrn.

Für die nüchtern betrachtet unbestreitbare Tatsache, dass die Faber keine Männerbesuche empfing, hatte die Putz alsbald eine Erklärung gefunden, und zwar bereits, als die so intensiv Beäugte den ersten Untermieter in ihre Wohnung aufnahm. Und weil auch der niemals Damenbesuche empfangen hatte, stand für die Putz unwiderlegbar fest,

Besuche wären hier entbehrlich, weil beide, Hauptmieterin wie Untermieter, in der Wohnung jeweils zur Hand hatten, wessen die Sünde bedurfte.

Der Schriftsteller, dessen Gattin, wie sie vom Meldezettel wusste, separat gemeldet war, gab hier nun also den dritten Liebhaber, den sich die Faber seit ihrem Einzug hielt. Nun aber, da die Faber abtransportiert worden war, stellte sich für die Putz unweigerlich die Frage, wie der solo zurückgelassene Herr Dokta deren Wegfall kompensieren würde. Hier nun war der Punkt, an dem von tangiert sein keine Rede mehr sein konnte, denn das Gefühl, dass die Putz nun als scharfe Sekante durch seinen Lebenskreis schnitt, war machtvoll.

Frittatensuppe

Es war der Tag nach dem Unfall der Faber gewesen, als sich die Lage auch beim Holzer zu verdichten begann. Während er zufrieden seine Suppe mit den unverkennbar hausgemachten Frittaten löffelte, allein im Raum mit dem Dr. Hofacker, und nur leicht abgelenkt vom aufgeschlagenen Notizbuch neben dem Teller, gesellte sich zu den beiden Speisenden ein Ehepaar, das die dem Genuss förderliche Ruhe dadurch beendete, dass die Gattin unentwegt und keineswegs rücksichtsvoll zurückgenommen auf ihren Mann einredete, der das offenbar gewohnt war und auf keine erkennbare Weise auf die Suada der Gemahlin einging. Wortlos wählte er einen Tisch ganz hinten im Raum, indes die Frau die Wahl wortreich kritisierte, ohne freilich damit einen Wechsel an einen anderen Tisch zu erwirken.

Der Doktor schien die beiden zu kennen, denn er hatte sie, als sie seinen Tisch passierten, mit einem kurzen Kopfnicken gegrüßt und sich dann demonstrativ wieder über sein Erdäpfelgulasch gebeugt, um ein Gespräch mit den beiden abzuwehren. Vermutlich waren es Patienten und die Gattin wegen ständig wechselnder, eingebildeter Leiden eine

Plage für den Mediziner, und das auf Krankenkasse, was die Sache doppelt ärgerlich machte.

Etwas später erschien Aurelian. Wie gewöhnlich hatte der Bursche gleich seinen reservierten Tisch beim Fenster besetzt, den Geigenkasten quer über die beiden unbenützten Sessel dem seinen gegenüber gelegt und Platz genommen. Nachdem er einen oberflächlichen Blick auf die Speisekarte geworfen und beim Kellner bestellt hatte, zog er aus der Tasche seines hinter ihm hängenden Mantels ein ziegelrot gebundenes Buch und begann darin zu lesen.

Unser junger Dichter kannte dieses Buch sehr genau, er hatte es geschrieben, und es war nach einem Band mit Gedichten sein erstes veröffentlichtes Prosawerk gewesen, von der Kritik wohlwollend aufgenommen.

›Der kleine Roman dieses jungen, starken Talents, der mit neurasthenisch-verbissener Kraft die gefährlichen Unterströmungen jener geheimen Wirklichkeit aufdeckt, die noch unter der Scheinwirklichkeit des gradlinigen Alltags brausen und manchmal durch eine Bresche unserer Seele wie ein heißer Geiser hervorbrechen, uns aus gewohnter Bahn in irrsinnige Abenteuer schleudernd, ist eine feine Analyse sadistischer Triebe und öffnet Schluchten, die einem schwindeln machen‹, war er in der Zeitung, für die er auch selbst schrieb, gelobt worden; von einem Kollegen zwar, aber immerhin.

Und in der illustrierten Halbmonatsschrift für Kunst, Literatur und Mode ›Moderne Welt‹, für die er auch gelegentlich Beiträge lieferte, war zu lesen gewesen, dass diese erste Prosaarbeit eines begabten jungen Lyrikers halte, was die Gedichte verhießen. Und dann, weitaus weniger deutlich als beim Kollegen vom ›Tag‹, dass die merkwürdige Erzählung von einem im Alltag Gefangenen handle, der mit einem Male durch die ihn umgebende Mauer eine Bresche schlägt und durch diese wilde Eskapade erst zum Menschen wird.

Er war sich der Pikanterie dieses um Abwegiges kreisenden kleinen Romans durchaus bewusst, aber, wie er vielfach hatte hören dürfen, war, was verstören hätte können, in noch etwas im Expressionismus wurzelnder, aber gereifter Sprache ebenso dezent wie unmissverständlich vorgetragen; nämlich, wie hier ein Mann, von äußeren Umständen aufgepeitscht, sich (wie die Moralischen sagen würden) vergisst und mit der Geliebten endlich tut, was zu tun er sich immer schon gewünscht hatte.

Und das war also die Lektüre dieses Bürscherls und er gestattete sich, anzunehmen, dass es ein Signal war, ein bedenkliches Signal an ihn, weil warum sonst sollte der Bursche so demonstrativ in diesem Buche lesen. Auch glaubte er seitens des Burschen ein leichtes, grußartiges Zunicken wahrgenommen zu haben, eine Art ersten, scheuen Versuch einer Kontaktaufnahme, quer über die vom Personal emsig begangene Schneise zwischen den Tischen an Fenster- und Rückwand; und er war überzeugt, hier wäre ein schicksalhaftes Band in Webe, das ihn an den Jüngling fesseln würde.

Wie es aber mit dem Glauben eben so geht, war keineswegs sicher, ob dieses leichte Nicken des edlen Kopfes ihm gegolten hatte oder einfach der Versuch gewesen war, die

Nackenmuskeln zu entspannen, die bei Geigern ja speziell beansprucht waren vom Klemmen des Instruments. Es wäre dieser Nacken demgemäß lindernd zu massieren, fühlte er und vergaß darüber den zwischen Teller und Mund geführten Löffel. Teils pritschelte die Suppe zurück an des Tellers Rand, teils besudelte die fette Brühe seine Weste, was heftiges Hantieren mit der Serviette – sie waren beim Holzer aus Stoff – zur Folge hatte und unerfreulich Aufmerksamkeit von den anderen Tischen auf ihn zog. Ein verlegenes Schulterzucken scheuchte die Beobachter zurück in ihre eigene Befindlichkeit, nur der Jüngling, so schien ihm – diesmal bei in der Suppe ruhendem Löffel –, lächelte herüber, nicht schadenfreudig, sondern anteilnehmend. Rettung kam rechtzeitig in Gestalt des Kellners, der in die eingebildete Blickachse trat und dem Geiger drüben ein Gulasch servierte, das dessen Aufmerksamkeit sogleich auf sich zog.

Mit demonstrativ vom Tisch des Burschen abgewandten Blick verließ der Leutnant nach genossenem Mahl das Lokal und verfiel, heimgekehrt, für eine längere Weile mit leicht quellenden Augäpfeln vor sich hin glotzend in dumpfes Brüten.

Welcherlei Erkenntnis er dabei zur Reife bringen wollte, war auch ihm selbst vorerst schleierhaft. Klar aber war ihm eines (und so notierte er es auch auf den der Vernichtung bestimmten Bekenntnis-Zetteln): der auf so ganz und gar unglaubliche Weise als Aurelian wiedergekehrte Lucian des sibirischen Frühlings von Neunzehn war in seine arbeitsam winterliche Einsiedelei hereingeschneit wie seinerzeit der erste Lucian in die verbrauchten Beziehungen im Lager zu Krasnojarsk. Mit welchen Folgen damals war ihm nur allzu deutlich in Erinnerung. Und mehr noch, was später sich mit Lucian ergeben hatte, im ›Sommerhof‹ erst und dann, Vierundzwanzig wieder, im Haus der verreisten Eltern, das waren Sachverhalte, die er zum Sediment zählte, zum beunruhigenden Bodensatz in der Höhlung seines Wesens, die er nun, so warf er sich vor, allzu bereit und allzu lange hochkommen hatte lassen, und, nicht genug an dem, dies auch noch zu genießen.

Weiter brütend, rätselte er, wie sein Aurelian an dieses, etwas über hundert Seiten schmale, elegant ziegelrote Bändchen geraten sein mochte und was ihn daran zu fesseln schien. Aus dem Bücherschrank daheim, den er sich bürgerlich repräsentativ vorstellte, konnte er die Arbeit eines jungen Talents, das es in seiner Fülle erst zu entdecken galt (ja, so überzeugt war er von sich), nicht vermuten. Der in seine Geschäfte und Affären verstrickte Vater war kaum ein Leser. Die Mutter aber, sollte sie es, vielleicht von der Rezension in der ›Modernen Welt‹ verführt, ins Haus gebracht haben, musste es als anrüchig weggelegt haben, von jener Zeile an, da der entfesselte Held beschließt, ›seiner Lust gewiss, in Ruhe zu verfahren‹.

Blieb – ganz theoretisch – die Möglichkeit, dass der Bursche es sich selbst besorgt hatte. Aber wie? Von seinem Buchhändler dazu animiert – aber hatte er denn einen, und ging er nicht eher beim Doblinger in der Dorotheergasse Noten kaufend ein und aus?

Anfang Vierundzwanzig, als das Buch erschienen war, zählte der Bursche, dessen Alter er jetzt auf zwanzig veranschlagte, gerade einmal vierzehn Jahre. Zu jung für literarische Interessen, eher von frühem Geschlechtlichen umgetrieben, gleichwohl Jahre zu jung, um abzuirren auf einen Pfad, den der Held der Geschichte im Buch gegangen war.

Vielleicht aber war Aurelian tatsächlich älter als er aussah, was auch den legeren Alkoholkonsum erklärt hätte. Wäre er nun Siebzehn gewesen, als das Buch erschienen war, dann schon. Blieb weiterhin die Frage: Warum?

Mit ›geradlinigem‹ Alltag schien der Bursche daheim reichlich versorgt, vermutlich damals schon an die Geige gekettet von der Mama. Und die ›gefährlichen Unterströmungen jener geheimen Wirklichkeit‹ mag der Siebzehnjährige wohl verspürt haben. Denkbar auch, dass ihn dabei ein privater Geigenlehrer zur Hand gegangen war; ein anderer freilich als der Philharmoniker, Student vermutlich und wenig älter als Aurelian, indes Mutter und Vater auswärts weilten, zur Kur, vielleicht in Ischl.

Solcherart hätte es keines Buchhändlers bedurft, der dem traurigen Filou die ›feine Analyse sadistischer Triebe‹ empfohlen und die schwindeln machenden Schluchten gezeigt hätte; es wäre dem Geigenlehrer gelegen gekommen, dem Zögling mit der Lektüre vor Augen zu führen, was einem Willigen alles Lust zu spenden sich anbot. Und was schließlich den Wechsel zum Philharmoniker Fiedler zur Folge gehabt haben musste.

Was aus dem Ei schlüpfen würde, das hier wärmend zur Reife gebracht werden wollte, war ihm vorerst schleierhaft, wenn sich, im Kohlenkeller zugange, auch düster die Ahnung aufdrängte, es wäre Drachenbrut, die hier keimte. Er war zu weit gegangen im sich gestatten, was ganz und gar unstatthaft war, und so war das vorläufige Ergebnis des Brütens, dass er ins Auge fasste, den Holzer für einen anderen Wirten aufzugeben, so sehr wohl er sich dort bisher auch gefühlt hatte.

Letztlich ausschlaggebend für diesen drastischen Entschluss war das Gefühl, er wäre für den jungen Gast beim Fenstereckplatz an der Tür nicht mehr irgendein beliebiger Fremder, der lediglich auch hier zu speisen pflegte, sondern ein durchaus Bekannter, und zwar nicht, weil er ihn hier schon so oft gesehen hatte, sondern, und dieses henidäre Ahnen irritierte ihn von Mahl zu Mahl mehr, bis sich die Überzeugung Bahn brach, dass der Bursche nicht nur ganz genau wusste, wer er war, sondern auf ungeklärte Weise Bescheid wusste, welcherlei Wünsche den Herrn am Tisch schräg gegenüber plagten.

Dass dies, was die Identität betraf, keineswegs ein Mirakel war, sah er nicht, denn auf die Idee, der Bursche könnte einfach den Holzer gefragt haben, und der hätte, stolz auf solche Kundschaft, den Leutnant und den Ritter betonend, Auskunft gegeben und am Ende hinzugesetzt: »Ein Schriftsteller«, kam er nicht.

Und als dann, am folgenden Mittwoch – alle Tische waren besetzt – ein Herr nach freundlicher Erkundigung, ob es gestattet wäre, am Tisch des Dr. Hofacker Platz nahm, der doch alleine zu speisen gewohnt war, da schnellte ihm, wie einer dieser federnden Teufel aus einer Schachtel, der Gedanke ins Hirn, bei rundum besetzten Tischen könnte auch der Bursche an den seinen herantreten und freundlich fragen, ob er denn Platz nehmen dürfe. Ein Vorgang, der unweigerlich ins Verderben führen musste, nach allem, was bisher schon offenbar geworden war. Und um dieser Pein zu entgehen, beschloss er endgültig, den Holzer künftighin zu meiden und statt dessen ein anderes Wirtshaus aufzusuchen. Eine Rückkehr in die Gulaschgruft des Herrn Neumann kam freilich nicht in Frage.

Das Drachenei

Als er noch bei Leberts gewohnt hatte, war sein Wirt jener an der Ecke der Nusswaldgasse und Döblinger Hauptstraße gewesen, der Čech, doch der lag nun zu weit abseits, um ihn weiter zu frequentieren. Ebenfalls, vor allem jetzt im Winter nicht wirklich bequem zu erreichen, war tiefer in die Obkirchergasse hinein, gegen ihre niederen Hausnummern hin, ein Wirtshaus gegenüber dem Sonnberg-Markt, der wohl auch das Publikum prägte, das dem Herrn Doktor aus bestem Haus nicht konveniert haben dürfte. Der ›Müller‹ an der Ecke zur Arbesbachgasse war eine Spur gediegener, wenn letztlich doch auch nicht mehr als ein Eckwirtshaus, wie auch der Weber an der Ecke der Leidesdorfgasse, der ebenerdig und zu Fuß am nächsten lag und daher zum Ort künftiger Mittagstische erkoren wurde.

Weniger ein Restaurant wie der Holzer (der das im Grunde ja auch nicht war, aber man spürte zumindest den Anspruch), sondern einfach ein bloß nicht unglücklich ins Souterrain versunkenes Eckwirtshaus mit schlichterer Küche, behagte ihm das Etablissement des Herrn Weber nicht. Die Tramway, die talab in Richtung Schottentor unterwegs war, rasselte vor den Fenstern vorbei und jede Mahlzeit bot auch sonst vielerlei Anlass zu Unzufriedenheit. Eine reuige Rückkehr zum Holzer kam freilich nicht in Frage, denn dort speiste ja dieses von ihm gierig vergoldete Bürscherl. So saß er nun, unzufrieden mit allem und sich selbst, beim Weber und brachte Aurelian doch nicht aus dem Kopf, denn was hier an den anderen Tischen hockte, war keine Augenweide, und so fühlte er seine Entschlossenheit, den Holzer zu meiden, mit jeder Mahlzeit beim Weber mehr und mehr wanken.

Das Drachenei, eine Weile schon von zarten Sprüngen bemustert, war endgültig geplatzt, und was er so sehr als Verledigte, frühere und aus gefangener Not geborene Verhältnisse in die hintersten Cavitäten seines Wesens verschoben hatte, war hervorgekrochen aus der Verbannung und forderte, bemerkt zu werden. Wobei tief innen, in jenen Schlüften seines Wesens, das mit dem sexuellen Unrat nachsichtiger umging als der tugendhafte Rest der Höhlungen, auch die Ahnung quälte, dass er einfach nur zu feige war, zu seinen Wünschen zu stehen; genau jener Versager also, als den ihn sein Vater betrachtete.

Entsprechen zu müssen, weil das geboten war, aber nicht entsprechen zu wollen, oder, präziser, entsprechen zu wollen, weil das geboten war, aber nicht entsprechen zu können, war sein Dilemma.

Hühnersuppe

Auf der Suche nach Auswegen aus diesem Dilemma – der Wechsel des Wirtshauses reichte offenbar nicht – schuf er sich zunächst die Einsicht, ein derartiger Excess – und wie sehr sehnte er diesen herbei! – wäre nichts weiter als ein Schlag ins Wasser, das hintnach zur früheren Glätte sich wieder beruhigt. Dort jedoch, wo unerfreulich wach immer noch die Fähigkeit hauste, derlei Selbsttäuschung als eben solche zu entlarven und dies erbarmungslos auch tat, ahnte er, wie die Begegnung mit Aurelian in der vielfach imaginierten Art keineswegs ein Schlag in klares, wieder sich glättendes Element sein würde, sondern eine Weichenstellung auf unsicheres Gleis durch verbotenes Gelände, wo im Dickicht des Begehrens soziale Ächtung und Gefängnis lauerten. Derart mit dem Schicksal hadernd wie Don José, der fragend singt, warum es nötig gewesen wäre, ihm Carmen über den Weg zu schicken, verfluchte er den Holzer; halben Herzens aber nur, und wurde darüber krank.

Bei einem Spaziergang, umwegig, dabei aber sträflich wenig seiner Umgebung appercipierend, sondern, den Blick auf den Gehsteig gerichtet, quelläugig brütend, wurde er von einem heftigen, klebrig nassen Schneeschauer überrascht und schon am folgenden Tag beutelte ihn eine heftige Verkühlung ins Bett. Ohne sorgendes Personal, wie es ihn in seiner Kindheit umtanzt hatte, war die Aussicht auf baldige Heilung gering; es musste nicht nur sein licht blaues Zimmer geheizt werden, sondern auch der Urwald der Faber, was ohngeachtet seines Fiebers, Abstiege in den Keller nötig machte. Nur die Gänge zu Feuerstein ersparte er sich und führte auf einem Zettel Buch über die Kübel voll Faberkohle, die in das eigene Öfchen geschüttet wurden und zu erstatten wären.

Die Mutter wurde herbei telephoniert und von Karl dem Chauffeur in die Gartenvorstadt gefahren, erschien sie binnen zweier Stunden am Krankenbett ihres Lieblings, den Hausarzt Dr. Wallenstein mit sich führend, der den Patienten abhorchte und abklopfte und dann Medikamente aus seiner schwarzen Klapptasche beistellte, so und so einzunehmen, und so fort.

Anderntags, abermals ad notam genommen von der erstaunten Hausmeisterin, fuhr die Mutter erneut im noblen Automobil vor, diesmal mit hausgemachter Hühnersuppe, die – so war sie überzeugt – das Übel in wenigen Tagen weitaus profunder kurieren sollte als die Pillen und Tropfen des Doktors. Zudem wurde Karl dazu bewogen, einige Kübel Kohle aus dem Keller hochzutragen und im Vorzimmer in der Kiste zu lagern, sodass Heimchen im Bette bleiben und sich einer Besserung entgegen schwitzen konnte.

Eine weitere Gabe Hühnersuppe folgte am vierten Tag, diesmal vom Chauffeur allein angeliefert, samt einem Brief der Mutter, in dem er neben besorgten Ratschlägen und besten Wünschen für seine Gesundung auch eine überaus tröstliche Anzahl Banknoten fand. Kurzum, er genas von seiner Verkühlung, und wenn auch das Laborieren am inneren Zwist noch andauerte, fühlte er sich, körperlich wieder auf der Höhe, auch seelisch gewappnet gegen die Versuchungen, die der Anblick Aurelians unweigerlich evozieren würde, und er beschloss – es war ein Mittwoch – den Weber fortan zu meiden und wieder den Holzer aufzusuchen.

Die Hühnersuppe, die der Wirt persönlich empfahl, verschmähte er, bei der Auswahl der Hauptspeise – es wurde ein Kalbsnaturschnitzel – verwöhnte er sich (kein Kunststück nach Mutters Brieflein) und der Blick auf die Uhr verhieß, dass Aurelian jeden Moment erscheinen würde, den Pelz ablegen und so weiter. In all der Vorfreude entging ihm jedoch, dass auf Aurelians Tisch das Reserviertkärtchen fehlte, das dem Geigenschüler gewöhnlich den Platz beim Fenster frei hielt.

Gewahr wurde er dieses Umstands erst, als unbekannte Gäste an Aurelians Tisch Platz nahmen, ohne vom Kellner oder dem Holzer verscheucht zu werden. Aurelian erschien nicht. Ein Unfall, schoss ihm durch den Kopf, dem Ersehnten sei Grauenhaftes zugestoßen, ja, er ging sogar so weit, dass er sich beim Wirten erkundigte, ob etwa ein Unglück auf der Vorortelinie vorgefallen sei. »Des wissat ma.«

In seiner Verstörung übersah er, dass – wäre Aurelian durch einen Unfall am Erscheinen verhindert – der Tisch wie gewöhnlich als reserviert ausgewiesen gewesen wäre. Aber offenbar war abgesagt worden, und sich in Trauer über einen tragischen Verlust hineinsteigernd, bedachte er die Möglichkeit nicht, dass entweder der Tuttigeiger Fiedler, von einer Verkühlung befallen, den Unterricht absagen hatte müssen oder eben – das Einfachste von allem – Aurelian sich ein derartiges Leiden zugezogen haben konnte. Wohl auch von der Mutter gepflegt, trotz Fiebers aber vermutlich zum Üben auf der Fiedel gezwungen.

Sibirien

Mit dichtem, sanftem Niedersinken der Flocken, wie es Kindern in Erwartung des Christkinds die Nasen ans Fenster drückt, hatte es nach Mitternacht begonnen. Gegen Morgen erhob sich ein Sturm, der die feuchtweiße Masse dahin und dorthin verwehte und die Betriebsamkeit der erwachenden Stadt lähmte, indes kein Ende des Schneiens erhofft werden durfte.

Wohl dem, der, mit allem Notwendigen versorgt, draußen nichts zu schaffen hatte. Er aber musste hinaus, weniger der Nahrung wegen, die hätte es aus jener einen, bei Loiskandl erworbenen und bisher ungeöffneten ›Inzersdorfer‹ Dose auch daheim gegeben, sondern um Aurelian zu sehen, dessen Geigenstunde, wie er ja wusste, um Eins zu Ende ging.

Mit Mantel, Hut und Schal wacker gegen das nasskalte Spektakel gerüstet (eine neuerliche Verkühlung wollte er nicht riskieren) brach er auf, und sich dem Haustor nähernd, vernahm er von draußen bereits das Scharren der Schneeschaufel, übertönt vom Keifen der Putz. Die Dämme, die aus dem Schnee der zurückliegenden Wochen aufgetürmt und von Frösten festgebacken waren, wuchsen breiter und höher, sodass ein Durchkommen zur Straße und zum gegenüberliegenden Gehsteig vielerorts nicht möglich war. Er hatte Glück, zwecks Milchanlieferung zur Enn gab es eine schmale Passage und gegenüber beim Privoznik war für die Bierwagen breit freigemacht, sodass er leicht auf die Seite der geraden Hausnummern hinüber gelangte und dann, vorbei an schaufelnden Leidensgenossinnen der Putz, bis zum Kaffeeaus, dessen Entrée einladend freigelegt war; ein entsprechender Durchstich gegenüber in der Silbergasse aber fehlte. Nach einem Ausweg suchend, erspähte er dann doch eine kaum erkennbare, schmale, von Unverdrossenen ausgetretene Bresche im Schneewall, die er unverzüglich ansteuerte und sich kurz darauf auf dem Gehsteig fand, der ihm zunächst den Besuch der Trafik ermöglichte und danach mehr oder minder freien Weg zum Holzer bot.

Dem Unbill der Witterung entsprechend waren kaum Gäste im Lokal. An der Schank schlürften zwei erschöpfte Schneeschaufler Glühwein aus irdenen Krüglein, im Speisesaal saß wie immer nur der Doktor Hofacker, der ein Stockwerk höher seine Ordination hatte und durch den Hintereingang kam, sowie eine Dame, die er bisher noch nicht hier gesehen hatte.

Angesichts der widrigen Wetterumstände und der Menues, die nur Deftiges wie Erdäpfelgulasch oder eingebrannte Erdäpfel boten, beschloss er, sich wieder einmal zu verwöhnen und zu der kräftigen Rindsuppe mit Mark einen Esterhazyrostbraten zu ordern, von dem er wusste, dass er hier ordentlich mürb auf den Tisch kam. Dann erschien, der mühevollen Fortbewegung im Schnee geschuldet, an diesem sibirisch winterwüsten Samstag etwas verspätet Aurelian. Es schien ihn klirrend klare Winterluft herein zu wehen, wie Menschen Kälte mit sich bringen, wenn sie warme Räume betreten. Und nachdem der Jüngling seinen Geigenkasten auf der Hutablage deponiert und beim Kellner noch stehend ein Menue in Auftrag gegeben hatte, zog er wie schon einmal das schmale, ziegelrote Büchlein aus der Tasche des bereits am Haken hängenden Mantels. Anders jedoch als damals setzte er sich nicht, um zu lesen, sondern kam zum Tisch des Verfassers eben jenes Büchleins herüber, und, sich zwar für die Störung entschuldigend, aber doch dreist Platz nehmend, erklärte er, das Buch gelesen, nein, verschlungen zu haben, und nun hätte er gerne eine Widmung in sein Exemplar.

Der solcherart Überrumpelte, der derlei Herantreten anderswo als bei Lesungen mürrisch zurückgewiesen hätte, war hier von an sich selbst nie vermutetem Entgegenkommen. Allerdings schränkte er sein »Aber ja, gerne« dahingehend ein, dass er seine Füllfeder nicht bei sich habe, auch seinen Crayon nicht, der aber anfällig gegen Radiergummi ohnehin nicht in Frage kam für eine zu überdauern gedachte Widmung, und schon gar nicht einer der Bleistiftstummel, mit denen Herr Holzer oder der Ober auf kleinen, schmalen, von Brauereien gegebenen Blöcken abrechnete. Er könne aber, so befestigte er trockenen Mundes den zu bersten drohenden Wall gegen die Versuchung, er könne das Buch mit nach Hause nehmen und am Mittwoch zum nächsten Essen mit der gewünschten Widmung versehen wieder mitbringen und zurückgeben. Womit er preisgegeben hatte, dass er über die Gewohnheiten des Burschen bestens Bescheid wusste.

»Nächsten Mittwoch entfällt die Geigenstunde«, unterlief der Angebetete den Ausweg. »Aber ich kann es ja gelegentlich bei Ihnen abholen, wenn Sie das gestatten würden.«

Begleitet wurde dieses Ansinnen von einem Lächeln, und er meinte im tiefen Veilchenblau der Augen einen über die Distanz zum Fensterplatz neben der Tür bisher nicht wahrgenommenen dunklen Glanz zu sehen. Zudem bescherte ihm die Nähe Aurelians über den Tisch hinweg auch den zarten Duft von Arpège, den der Jüngling um sich trug und den er kannte, weil Lotte P. auch dieses magisch berückende Parfum verwendet hatte. Er meinte, Blumen und Früchte zu riechen, aber auch wehte ihm vom Gesicht des Burschen her ein Hauch verendenden Laubes entgegen, wenn es aus der trockenen Dürre, die es unter den Schritten knistern lässt, in den leichten Moder wechselt, den der Nebel beschert, bis alles zu rutschigem Matsch wird, der den Unbesonnenen ausgleiten lässt. Moder, graziöser als jener, der aus dem Schlot von den Unteren aufstieg und der die Phantasie aufpeitschte und in Leibesregionen wies, wo, wie er sich eingestehen musste, alles versammelt war, was in den letzten Wochen sich angesichts dieses Gegenübers aufgestaut hatte.

»Aber«, fuhr der Bursche nun fort, den bereits schwer lädierten Ritter zu bezwingen. »Ich kann nach dem Essen auch gerne mit Ihnen kommen, und das Buch mit der Widmung, an der mir sehr gelegen ist, gleich wieder mitnehmen, wenn Sie das erlauben würden.«

Der Schöpfer des roten Büchleins, das zwischen ihm und dem Begehrten auf dem weißen Tischtuch leuchtete, sah nun jenen verboten ersehnten Augenblick erreicht, zu dem er es um keinen Preis hatte kommen lassen wollen. Weiter angespannt wurde die Lage durch den Kellner, der in der Meinung, der junge Mann beabsichtige seine Mahlzeit am Tisch des Leutnants zu sich zu nehmen, nun den Teller mit der Suppe vor den Burschen hinstellte und einen guten Appetit wünschte. Das sei, so versicherte dieser, so nicht beabsichtigt gewesen, und an seinen Tisch zurückzukehren, wohin der Kellner die Suppe bringen könnte, wäre kein Problem, falls weiteres Verweilen hier als Zumutung empfunden würde, aber der veilchenfarben fragende Blick, der diese Höflichkeit begleitete, ließ das solcherart vollends in die Enge getriebene Gegenüber kapitulieren.

Die leicht hervorgetretenen Augen auf den Burschen gerichtet, sah er sich tief drinnen, fast eineinhalb Jahrzehnte jünger, einem Uniformierten gegenüber, der ihm seinen Säbel abverlangte und erklärend »Sie sind kriegsgefangen, Cherr Leutnant« hinzufügte, bevor er ihm eine Zigarette anbot.

Den ganzen Weg vom Holzer in die Pfarrwiesengasse – sie trotteten des widrigen Wetters wegen schweigend auf teils schon wieder nass beschneiten Gehsteigen hintereinander her – sah der nicht mehr so junge Dichter die Säule im Zimmer vor sich, vom Paravent entkleidet, in ihrer ganzen nackten Zweckdienlichkeit. Und der Strick, mit dem er sein Gepäck beim Einzug am Tage aller Heiligen zusammen gebunden hatte, lag, ja, mein Gott, wo hatte er ihn abgelegt?

Egal, er würde zu finden sein, und den Gürtel, mit dem er meinte, die Macht brechen zu können, die Aurelian über ihn gewonnen hatte, den trug er ohnehin am Leib.

Mit schneematschigen Schuhen eintretend ins Haus, fuhr ihnen, bewaffnet mit Schneeschieber und übellaunig die Hausmeisterin entgegen: »Putzens Ihna den Dreck von die Schuach guat ab!«

Nun war es geschehen. Die Enthaltsamkeit des Herrn Dokta dem Weibe gegenüber war fortan kein Rätsel mehr für die Putz: Nicht tugendhafter Verzicht hatte hier gewaltet, sondern mangelndes Interesse, dessen wahrer Gegenstand nun offenkundig war.

Zu sehr mit Säule und Strick beschäftigt, ermaß er die Bedeutung der Begegnung mit der Hausmeisterin jedoch nicht, er trachtete einzig und allein, so rasch wie möglich den Schauplatz dessen zu gewinnen, was er sich so oft mit den letztlich dann doch untauglichen Mitteln der Phantasie ausgemalt hatte; so eilig, dass er die Tür des Zimmers nur angelehnt ließ im Taumel der Erwartung.

Der Duft des Burschen überschwemmte ihn, als dieser seinen Pelz abstreifte und auf einen der Fauteuils beim Rauchtischchen fallen ließ, nicht ohne zuvor das Buch aus der geräumigen Manteltasche genommen und dem Dichter gereicht zu haben, der auch schon aus dem Mantel war, der nun über die Lehne des Sessels beim Schreibtisch hing und das fragile Möbel beinahe hatte kippen lassen, hätte der Bursche nicht rasch zugegriffen.

Die Füllfeder ward aufgeschraubt, und wo das Lesezeichen lag, klaffte das Buch auf an entscheidendem, ihm wohlbekannten Punkte. ›Die Seide schrie‹ und ›in jedem Griff lag unsinnige Kraft, Härte und Rauheit‹ streifte sein Blick, bevor er das Schmutztitelblatt aufschlug und die Feder ansetzte. ›Für Aurelian‹ begann er, und Aurelian, der ihm über die Schulter schaute, Arpège ausschüttend, sagte: »Ich heiße Fritz.«

Die Kehle ward trocken, die entweihende Fritzung seines Aurelian traf ihn hart, gleichwie abruptes Erwachen aus leidenschaftlich schönem Traume. Geigenspiel und Interesse an Literatur, seiner eigenen sogar, zählten plötzlich nicht mehr, der Name war eine Entweihung des angebeteten Körpers und genau genommen eine derbe Gemeinheit des Schicksals. Doch die überstaute Begierde, ausgelöst von der ganz unzweifelhaft von Einverständnis kündenden körperlichen Nähe des Burschen, war zu gewaltig, als dass am Namen des Opfers scheitern sollte, was er sich vorgenommen und was sich nun – realiter – so vielversprechend angelassen hatte. Zu oft hatte er den überhitzten Leib eingebildet an sich gefühlt und den über das Arpège triumphierenden Geruch gehabter Lust gierig in sich aufgenommen, und die Frühlingstage am ›Sommerhof‹, die er sich ausgemalt hatte, in lebhaft bunten Farben – impasto aufgetragen, gewissermaßen – taten ein Übriges.

Nach dem Aurelian sollte ›dem Bruder im Geiste‹ stehen, aber dazu kam er nicht mehr. Er spürte die Hand des Burschen auf seiner Schulter und von der Tür her klang das »Ich bin wieder da« einer von den Gipsen befreiten Faber. »Die Tür war offen«, entschuldigte sie ihr Hereinplatzen. Und dann: »Ich kümmere mich ums Heizen wieder selbst.«

Fritz zog seinen Mantel an, steckte das mit ›Für Aurelian‹ so sonderbar verstümmelt gewidmete Buch ein, nahm seinen Geigenkasten, dankte und ging, von der Faber zur Wohnungstür begleitet, die sie sorgsam versperrte.

Dem nicht mehr ganz so jungen, aber unvermindert überaus begabten Dichter blieb nichts anders übrig, als auf die Excesse, mit denen er seine Phantasie wochenlang besudelt hatte, zu verzichten und fortan den viel steinigeren Pfad der Tugend zu beschreiten.

Die von der Norm abweichende Orthographie entspricht der Freizügigkeit, die Heimito von Doderer in diesen Dingen walten ließ.

Originalauflage 2024
© Verlag Klingenberg 2024, Graz
www.klingenbergverlag.at

Buchgestaltung, Satz:
Kevin Mitrega, Schriftloesung
Druck und Bindung:
Jelgavas Tipogrāfija

Gedruckt auf FSC-zertifiziertem Papier

Alle Rechte vorbehalten, insbesondere das der Übersetzung, des öffentlichen Vortrags, der Übertragung in Funk und Fernsehen und der Wiedergabe in Print- oder elektronischen Medien.

ISBN 978-3-903284-33-3
eBook: ISBN 978-3-903284-46-3
Printed in the European Union

Mit freundlicher Unterstützung von

Das Land Steiermark
→ Kultur, Europa, Sport

GRAZ